ひとつの星を歌おう

金正勲 編

한 개의 별을 노래하자

朝鮮詩人**独立と抵抗のうた**

Anthology of Korean Poet
Independence and Resistance

윤동주 尹東柱
심　훈 沈　熏
이상화 李相和
이육사 李陸史
한용운 韓龍雲
조명희 趙明熙

風媒社

序にかえて

この本に紹介した朝鮮植民地期の抵抗詩人に関心を持ったのは40年前に遡る。実をいうとこれらの詩人は中高生時代に著名な人物として学んだものの、その時には特別な思いはなかった。

しかしその後、光州民主化運動の時（1980年）、浪人生として光州市内の大成《デソン》学院という予備校で詩人文炳蘭《ムンビョンラン》の講義を聞き、強い刺激を受けたことがあった。講義も面白かったし、光州民主化運動のさなかに植民地朝鮮詩人の抵抗と独立の精神を通じ、新軍部勢力支配の現実に矛盾を感じ、民主・民衆の意識と民族統一を強調する文炳蘭の話に大きく心を打たれたのである。

その強烈な刺激に基づいた文学的感性を身につけたまま、打楽器の演奏に耽って過ごした時期もあった。しかし日本へ留学したあと、その文学的感性が大きくなり、それ以来ずっとリベラルな思考を持って文学研究に没頭してきたように思う。

文学と社会の関係を重視することになったのも、日本の研究者との交流に触発されたものだが、その根本には文学研究のテーマとして民主・民衆の意識と統一を追求したいと思う気持ちが根を下ろしていたからであろう。光州民主化運動の時に学んだ感性が体内に深く染み付き、熱情と強い意識を持ってひっきりなしに頭をもたげる根拠でもある。

いつかは高名な朝鮮詩人6人の詩編をまとめたいと思ってきたのだが、それを実行しようと決めたのは昨年の晩秋。朝鮮南部の抵抗詩人、李石城《イソクソン》の詩が新たに発掘され、その論文作成に取り組んでいた時であった。その作業を切っかけに、意識の底辺に沈んでいた代表的な朝鮮詩人を日本に紹介する必要性を感じたのである。

尹東柱、李陸史、韓龍雲、李相和、沈熏、趙明熙は、南北問わず、コリアンにもっとも愛され、尊敬される抵抗詩人である。最近日本で尹東柱はもちろん、他の詩人に関心を持つ読者も増えているのだが、現在も変わらずコリアンに、そしてK文学の好きな日本人に読まれるのは、詩編の価値と共感を呼ぶ要素が失われていないからだろう。私の編訳で詩人の精神を日本の読者とも共有することができることは、まことに光栄に思う。日本語とハングル原文を載せているので、関心のある方には文学・語学のテキストとしても有効なのではないかと思う。

今回の翻訳と、小伝の執筆で改めて認識したのは、期間の長い短いはあっても6人がすべて日本留学をした事実である。そして日本国内で学びながら植民地民としての惨めな現実を体験し、帝国主義克服の切実さを感じて、独立運動の先頭に立ったことである。だから彼らは、それぞれの独立運動の理論を日本で体得し築き上げたことになる。

何より代表的な朝鮮詩人の主な作品10編ずつを選定し、各詩人の生涯と活動を小伝として日本の皆様に紹介することになり嬉しく思う。できるだけ原文に近い翻訳を目指そうと心がけたが、読みやすさを第一に考え、古語を現代語に直し、さらに行を調整した部分もある。

韓日文化交流の未来のために、この編訳書が広く読まれることを心から望む。

２０２１年7月30日

金正勲

ひとつの星を歌おう

朝鮮詩人 独立と抵抗のうた

李相和 이상화

李陸史 이육사

韓龍雲 한용운

趙明熙 조명희

윤동주
尹東柱

（ユン・ドンジュ、1917－1945）

北間島で生まれる。キリスト教徒の祖父の影響を受けて育つ。1941年ソウルの延禧専門学校文科を卒業した後、日本へ留学。東京の立教大学英文学科に入学し、42年京都の同志社大学に転学した。在学中に抗日運動をしたという理由で逮捕、２年の実刑を受け、福岡刑務所で服役中に獄死。朝鮮独立への願いをこめて詩を書いたことで知られる。

自画像

山陰《やまかげ》をめぐり　田の端の人里離れた井戸を　一人で訪ね
そっと覗いてみます。

井戸の中には明るい月と　流れる雲
空はひろがり　青い風が吹き　秋が漂っています。

そして一人の男が立っています。
なんだかその男が憎らしくなり　帰っていきます。

帰りながら思うと　その男が哀れになります。
戻ってまた覗くと　その男はそのままいます。

再びその男が憎くなり　帰っていきます。
帰りながら思うと　その男が恋しくなります。

井戸の中には明るい月と　流れる雲
空はひろがり　青い風が吹き　秋が漂っています。
思い出のように　男が立っています。

자화상

산모퉁이를 돌아 논가 외딴 우물을 홀로 찾아가선
가만히 들여다봅니다.

우물 속에는 달이 밝고 구름이 흐르고
하늘이 펼치고 파아란 바람이 불고 가을이 있습니다.

그리고 한 사나이가 있습니다.
어쩐지 그 사나이가 미워져 돌아갑니다.

돌아가다 생각하니 그 사나이가 가엾어집니다.
도로 가 들여다보니 사나이는 그대로 있습니다.

다시 그 사나이가 미워져 돌아갑니다.
돌아가다 생각하니 그 사나이가 그리워집니다.

우물 속에는 달이 밝고 구름이 흐르고
하늘이 펼치고 파아란 바람이 불고 가을이 있고
추억처럼 사나이가 있습니다.

恐ろしい時間

そこで、私を呼ぶのはだれでしょう。

枯葉に青葉の芽生える木陰ですが
私はここでわずかに呼吸しています。

一度も手を上げてみたことのない私を
手を上げて示す天もない私を

どこに私の身を置くべき天があって
私を呼ぶのでしょうか。

事をやり終え　私が死ぬ日の朝には

悲しみもなく枯れ葉が落ちるでしょうに……
私を呼ばないでください。

무서운 시간

거 나를 부르는 것이 누구요.

가랑잎 이파리 푸르러 나오는 그늘인데,
나 아직 여기 호흡이 남아 있소.

한 번도 손들어 보지 못한 나를
손들어 표할 하늘도 없는 나를

어디에 내 한 몸 둘 하늘이 있어
나를 부르는 것이오.

일을 마치고 내 죽는 날 아침에는
서럽지도 않은 가랑잎이 떨어질 텐데……

나를 부르지 마오.

夜明けが来る時まで

すべての死にゆく人々に
黒い服を着せなさい。

すべての生きゆく人々に
白い服を着せなさい。

そして同じ寝台に
一緒に寝かせてください。

みんなが泣き出したら
乳を飲ませてください。

새벽이 올 때까지

다들 죽어가는 사람들에게
검은 옷을 입히시오.

다들 살아가는 사람들에게
흰 옷을 입히시오.

그리고 한 침대에
가지런히 잠을 재우시오.

다들 울거들랑
젖을 먹이시오.

이제 새벽이 오면
나팔소리 들려올 게외다.

やがて夜明けが来ると
ラッパの音が聞こえるでしょう。

十字架

追いかけてきた日差しが
いま教会堂のてっぺんの
十字架に掛かりました。

尖塔があんなに高いのに
どうして登ることができるでしょう。

鐘の音も聞こえてこないのに
口笛でも吹きながらうろついて

思いわずらった男
幸せなイエス・キリストと同じように

十字架が許されるなら
こうべを垂れ
花のように咲き出す血を
暗くなってゆく空の下に
静かに流したいのです。

십자가

쫓아오던 햇빛인데
지금 교회당 꼭대기
십자가에 걸리었습니다.

첨탑이 저렇게도 높은데
어떻게 올라갈 수 있을까요.

종소리도 들려오지 않는데
휘파람이나 불며 서성거리다가,

괴로웠던 사나이,
행복한 예수 그리스도에게처럼
십자가가 허락된다면

모가지를 드리우고
꽃처럼 피어나는 피를
어두워가는 하늘 밑에
조용히 흘리겠습니다.

序詩

死ぬ日まで天を仰ぎ
一点の恥もないように、
葉をそよがせる風にも
私は思い悩んだ。
星を歌う心で
すべての滅びゆくものを愛おしもう
そして私に与えられた道を
歩いていこう。

今夜も星が風にかすれている。

서시

죽는 날까지 하늘을 우러러
한 점 부끄럼이 없기를,
잎새에 이는 바람에도
나는 괴로워했다.
별을 노래하는 마음으로
모든 죽어 가는 것을 사랑해야지
그리고 나한테 주어진 길을
걸어가야겠다.

오늘 밤에도 별이 바람에 스치운다.

もう一つの故郷

故郷へ帰ってきた日の夜
私の白骨がついて来て　同じ部屋に横たわった。

暗い部屋は宇宙に通じ
天からか音のように風が吹いてくる。

闇の中できれいに風化する
白骨を覗きながら
涙ぐむのは私が泣くのか
白骨が泣くのか
美しい魂が泣くのか？

志操高き犬は
夜を徹して闇に吠える。

闇に吠える犬は
私を追いはらうのだろう。

行こう　行こう
追われる人のように行こう。
白骨に内緒で
美しいもう一つの故郷へ行こう。

또 다른 고향

고향에 돌아온 날 밤에
내 백골이 따라와 한 방에 누웠다.

어둔 방은 우주로 통하고
하늘에선가 소리처럼 바람이 불어온다.

어둠 속에서 곱게 풍화작용하는
백골을 들여다보며
눈물 짓는 것이 내가 우는 것이냐
백골이 우는 것이냐
아름다운 혼이 우는 것이냐?

지조 높은 개는
밤을 새워 어둠을 짖는다.

어둠을 짖는 개는
나를 쫓는 것일 게다.

가자 가자
쫓기우는 사람처럼 가자.
백골 몰래
아름다운 또 다른 고향에 가자.

風が吹いて

風がどこから吹いてきて
どこへ吹かれてゆくのだろうか。

風が吹いているが
私の苦しみには理由がない。
私の苦しみには理由がないのだろうか。

ただ一人の女を愛したこともない。
時代を悲しく思ったこともない。

風がしきりに吹いているが

尹東柱

바람이 불어

바람이 어디로부터 불어와
어디로 불려 가는 것일까.

바람이 부는데
내 괴로움에는 이유가 없다.

내 괴로움에는 이유가 없을까.

단 한 여자를 사랑한 일도 없다.
시대를 슬퍼한 일도 없다.

바람이 자꾸 부는데
내 발이 반석 위에 섰다.

강물이 자꾸 흐르는데
내 발이 언덕위에 섰다.

私の足は盤石の上に立っている。
川の水はしきりに流れているが
私の足は丘の上に立っている。

道

失くしてしまいました。
何をどこで失くしたかもわからず
両手でポケットを探りながら
道を進んでゆきます。

石と石と石がどこまでもつらなり
道は石垣をはさんで進んでゆきます。

石垣は鉄門を固く閉ざし
道の上に長い影を落とし

道は朝から夜へ

尹東柱

夜から朝へと通じました。

石垣を手探りして涙ぐみ
見上げれば　空は恥じるほど青いのです。

草一本ないこの道を歩くのは
石垣の向こうに私が居残っているからで

私が生きるのは、ただ
失くしたものを探すためなのです。

길

잃어버렸습니다.
무얼 어디다 잃었는지 몰라
두 손이 주머니를 더듬어
길에 나아갑니다.

돌과 돌과 돌이 끝없이 연달아
길은 돌담을 끼고 갑니다.

담은 쇠문을 굳게 닫아
길 위에 긴 그림자를 드리우고

길은 아침에서 저녁으로
저녁에서 아침으로 통했습니다.

돌담을 더듬어 눈물짓다
쳐다보면 하늘은 부끄럽게 푸릅니다.

풀 한 포기 없는 이 길을 걷는 것은
담 저쪽에 내가 남아있는 까닭이고

내가 사는 것은, 다만,
잃은 것을 찾는 까닭입니다.

たやすく書かれた詩

窓の外で夜の雨がささやき
六畳の部屋はよその国

詩人とは悲しい天命と知りつつも
一行の詩を書いてみようか。

汗の匂いと愛の香りがふくよかに漂う
送ってくださった学費の封筒を受け取り

大学ノートを脇にはさんで
年老いた教授の講義を聴きにゆく。

思い起こすと幼いころの友達は
一人、二人、みな亡くしてしまい

私は何を望んで
ただ、一人で沈んでいるのだろうか？

人生は生きにくいものというのに
詩がこのようにたやすく書かれるのは
恥ずかしいことだ。

六畳の部屋はよその国
窓の外に夜の雨がささやくが、

灯をともし　闇を少し追い出し
時代のように訪れる朝を待つ最後の私

尹東柱

쉽게 씌여진 시

창 밖에 밤비가 속살거려
육첩방은 남의 나라,

시인이란 슬픈 천명인줄 알면서도
한 줄 시를 적어볼까.

땀내와 사랑내 포근히 품긴
보내주신 학비 봉투를 받아

대학 노트를 끼고
늙은 교수의 강의를 들으러 간다.

생각해 보면 어릴 때 동무들
하나, 둘, 죄다 잃어버리고

나는 무얼 바라
나는 다만, 홀로 침전하는 것일까?

인생은 살기 어렵다는데
시가 이렇게 쉽게 쓰여지는 것은
부끄러운 일이다.

육첩방은 남의 나라
창밖에 밤비가 속살거리는데,

등불을 밝혀 어둠을 조금 내몰고,
시대처럼 올 아침을 기다리는 최후의 나,

나는 나에게 작은 손을 내밀어
눈물과 위안으로 잡는 최초의 악수.

私が私に小さな手を伸ばし
涙と慰めで交わす最初の握手。

懺悔録

青さびた銅鏡の中に
私の顔が残っているのは
どの王朝の遺物ゆえに
これほど辱められるのだろうか。

私は私の懺悔の文を一行に縮めよう。
――満二十四年一カ月を
　どんな喜びを求めて生きてきたのだろうか。

明日か明後日か　その楽しい日に
私はまた一行の懺悔録を書かねばならぬ。
――あの時、あの若い日に

尹東柱

なぜあんなに恥ずかしい告白をしたのだろうか。

夜になれば夜ごとに私の鏡を
手のひらで足の裏で磨いてみよう。

そうすると　ある隕石の下へ一人で歩いていく
悲しい人の後ろ姿が
鏡の中に現われてくる。

참회록

파란 녹이 낀 구리 거울 속에
내 얼굴이 남아 있는 것은
어느 왕조의 유물이기에
이다지도 욕될까.

나는 나의 참회의 글을 한 줄에 줄이자.
— 만 이십사 년 일 개월을
무슨 기쁨을 바라 살아왔던가.

내일이나 모레나 그 어느 즐거운 날에
나는 또 한 줄의 참회록을 써야한다.
— 그때 그 젊은 나이에
왜 그런 부끄런 고백을 했던가.

밤이면 밤마다 나의 거울을
손바닥으로 발바닥으로 닦아 보자.

그러면 어느 운석 밑으로 홀로 걸어가는
슬픈 사람의 뒷모양이
거울 속에 나타나온다.

심훈
沈熏

(シム・フン、1901－1936)

ソウル生まれ。京城第一高等普通学校に入学、1919年の三・一独立運動に参加、退学処分を受ける。また朝鮮独立万歳を叫んだ理由で警察に逮捕され、西大門刑務所に6カ月間服役する。農村の啓蒙運動を描いた長編小説『常緑樹』で韓国はもちろん日本でも知られている。戦時下には『東亜日報』『朝鮮日報』などで記者生活をしながら創作活動に励み、その作品は朝鮮総督府の検閲対象となった。韓国の詩人、小説家、独立運動家として名高い人物。

その日が来れば

その日が来れば　その日が来れば
三角山が立ち上がり　ふわりと踊りでも踊り
漢江《ハンガン》の水がひっくり返り　湧きあがるその日が、
この命が尽きる前に来てくれさえすれば
ぼくは夜空に飛ぶカラスのように
鍾路《チョンノ》の人磬*を頭で打ち鳴らそう
頭蓋骨がこわれ　粉々になっても
嬉しくて死ぬのだから何の恨みも残るまい。

その日が来て　おお、その日が来て
六曹*前の大道を泣き、走り、転んでも
それでもみなぎる嬉しさに　胸がつぶれるようなら

沈熏

よく切れる刀で　おのれの皮でも剥いで
大きな太鼓を作って　担ぎあげ
皆さんの行列の先頭に立ちたい
その力強い声を　一度でも聞きさえすれば
その場で倒れても安らかに目を閉じたい。

＊人磬　ソウル鐘路区の普信閣の鐘。
＊六曹　朝鮮時代の中央官庁（景福宮）。

그날이 오면

그날이 오면, 그 날이 오면은
삼각산이 일어나 더덩실 춤이라도 추고
한강물이 뒤집혀 용솟음칠 그 날이,
이 목숨이 끊기기 전에 와 주기만 할 양이면
나는 밤하늘에 나는 까마귀와 같이
종로의 인경(人磬)을 머리로 들이받아 울리오리다
두개골은 깨어져 산산조각이 나도
기뻐서 죽사오매 오히려 무슨 한(恨)이 남으오리까.

그날이 와서, 오오 그 날이 와서
육조(六曹)앞 넓은 길을 울며 뛰며 뒹굴어도
그래도 넘치는 기쁨에 가슴이 미어질 듯하거든
드는 칼로 이 몸의 가죽이라도 벗겨서
커다란 북을 만들어 들쳐 메고는
여러분의 행렬에 앞장을 서오리다
우렁찬 그 소리를 한 번이라도 듣기만 하면,
그 자리에 거꾸러져도 눈을 감겠소이다.

春の序曲

友よ
春の序曲を告げろ
心琴に埃がふり　絃は古いが
その絃が筋ごとに切れるよう
新春の諧調をひけ！

きみの胸が張り裂けるほど痛くとも　言わなくてはだれが知らんや
だがその痛みは、古い悲しみの凝り固まった霊魂の疼きではない
唇を噛みながら新しいわが春を
映し出そうとする創造の苦痛だ。

つつじの丘に鳥の声が聞こえたら

きみもぼくも楽しく歌を歌おう
揚羽蝶が雌雄つれそい飛んで来たら
ぼくらもつられ　肩踊りをおどろう。

昼夜なくため息ばかりつこうとも
春は自ずと転がりこんでは来ないはず……
きみとぼく、アリの群れの如く
一つにまとまり　地道にいそしみ
汗を流しながら廃墟をまもり
また屈服せずに戦っていこう
我らの歴史は涙にすべって
後ずさりしないだろう……。

友よ
春の序曲を告げろ

心琴に埃がふり　絃は古いが
その絃が筋ごとに切れるよう
新春の諧調をひけ！

봄의 서곡

동무여,
봄의 서곡을 아뢰라
심금(心琴)엔 먼지 앉고 줄은 낡았으나마
그 줄이 가닥가닥 끊어지도록
새 봄의 해조(諧調)를 뜯으라!

그대의 가슴이 찢어질 듯 아픈 줄이야 말 아니 한들 어느 누가 모르랴
그러나 그 아픔은 묵은 설움이 엉기어 붙은 영혼의 동통이 아니요
입술을 깨물며 새로운 우리의 봄을
빚어 내려는 창조의 고통이다.

진달래 동산에 새 소리 들리거든
너도 나도 즐거이 노래 부르자
범나비 쌍쌍이 날아 들거든
우리도 덩달아 어깨춤 추자.

밤낮으로 탄식만 한다고 우리 봄은 저절로 굴러들지 않으리니……
그대와 나, 개미 떼처럼
한데 뭉쳐 꾸준하게 부지런하게
땀을 흘리며 폐허를 지키고
또 굽히지 말고 싸우며 나가자
우리의 역사는 눈물에 미끄러져
뒷걸음치지 않으리니…….

동무여,
봄의 서곡을 아뢰라
심금엔 먼지 앉고 줄은 낡았으나마
그 줄이 가닥가닥 끊어지도록
닥쳐올 새 봄의 해조를 뜯으라.

玄海灘

月夜に玄海灘を渡りながら
甲板の上から海を見下ろすと
何年か前この海の魚腹に命を投じた
青春男女の顔が幻灯のように浮かび上がる
高級な懊悩に沈んだ白蝋のように青白いインテリの顔
虚栄の染みついた女流芸術家のほどき髪
互いに抱き合って水上で渦を巻く。

海の上に風が起きて波は荒くなる
憂国志士のため息はあの風に何度もふれ
彼らの燃える胸の中で焦げついた涙は
何度となく雨に混ざってこの海上に落ちたことか

そのうちに海を渡ったどれほど多くの人々が
「人間《じんかん》到《いた》る処《ところ》青山《せいざん》あり」と叫び　新しい地に渡ってきたことか。

甲板に立つと心配に堪えきれず
船室に下りると「漫然渡航」の白衣の群だ
足の指を無理に分けて足袋を履き
まげを切ったところに被り物をしたその格好
食べ残しの弁当を、のそのそと這いながら
子犬のように舐めあげる子どもたち。

同胞の姿をまともに見られず
また甲板の上に飛び上がり
海の中に視線を沈めしょんぼり立つと
月光に映る明鏡のような玄海灘に
朝鮮の顔が浮かび上がる！

あまりにも鮮やかに　朝鮮の顔が浮かび上がる
目のやり場がなく　心の拠り所がなく
夜が更けるまで　空の星だけを数える。

동포의 꼴을 똑바로 볼 수 없어
다시금 갑판 위로 뛰어올라서
물 속에 시선을 잠그고 맥없이 섰자니
달빛에 명경(明鏡)같은 현해탄 우에
조선의 얼굴이 떠오른다!
너무나 또렷하게 조선의 얼굴이 떠오른다.
눈 둘 곳 없어 마음 붙일 곳 없어
이슥하도록 하늘의 별 수만 세노라.

현해탄

달밤에 현해탄을 건너며
갑판 위에서 바다를 내려다보니
몇 해 전 이 바다 어복(魚腹)에 생목숨을 던진
청춘 남녀의 얼굴이 환등같이 떠오른다.
값 비싼 오뇌에 백랍같이 창백한 인테리의 얼굴
허영에 찌들어 여류예술가의 풀어 헤친 머리털.
서로 얼싸안고 물 우에서 소용돌이를 한다.

바다 위에 바람이 일고 물결은 거칠어진다.
우국지사의 한숨은 저 바람에 몇 번이나 스치고
그들의 불타는 가슴 속에서 졸아 붙는 눈물은
몇 번이나 비에 섞여 이 바다 위에 뿌렸던가
그 동안에 얼마나 수많은 물 건너 사람들은
「인생도처유청산(人生到處有靑山)」을 부르며 새 땅으로 건너왔던가

갑판 위에 섰자니 시름이 겨워
선실로 내려가니 「만열도항(漫熱渡航)」의 백의군(白衣群)이다.
발가락을 억지로 째어 다비를 꾀고
상투 자른 자리에 벙거지를 뒤집어쓴 꼴
먹다가 버린 벤또밥을 엉금엉금 기어다니며
강아지처럼 핥아 먹는 어린것들!

さよなら、わがソウルよ

おお、さよなら！　呪われた都市よ
「ポンペイ」のようにすっかり埋《うず》まらず
震災の東京の如くにメラメラと燃えず
かたちだけ残った都市よ、わがソウルよ！

城壁はひび割れ　門楼は取り壊され
「獬豸《カイチ》」*さえ主を失った宮殿を守れず
半千年もお前の懐で育った民は
山に這い上がり、モグラのように土小屋に入り
もう若者まで背中を押され、お前を捨てていくのだ！

南山《ナムサン》よ、さよなら　漢江《ハンガン》よ、さようなら

お前たちだけはとこしえに昔の姿を守っておくれ！
しかし、この道は永遠に戻れない道だろうか
ぼくの涙は最後にお前を弔う涙だろうか
おお、瀕死の都市よ、わがソウルよ！

＊獬豸（カイチ）羊に似た想像上の動物であり、景福宮（ソウル）光化門を守る瑞獣。

잘 있거라 나의 서울이여

오오 잘 있거라! 저주받은 도시여,
「폼페이」같이 폭삭 파묻히지도 못하고,
지진 때 동경처럼 활활 타 보지도 못한
꺼풀만 남은 도시여, 나의 서울이여!

성벽은 토막이 나고 문루는 헐려
「해태」조차 주인 잃은 궁전을 지키지 못하며
반 천년이나 네 품속에 자라난 백성들은
산으로 기어오르고 두더지처럼 토막 속을 파고들거니
이제 젊은 사람까지 등을 밀려 너를 버리고 가는구나!

남산아 잘 있거라, 한강아 너도 잘 있거라
너희만은 옛 모양을 길이길이 지켜다오!
그러나 이 길이 영원히 돌아오지 못하는 길이겠느냐
내 눈물이 마지막 너를 조상하는 눈물이겠느냐
오오 빈사의 도시, 나의 서울이여!

朝鮮は酒を飲ませる

朝鮮は気弱な若者に酒を飲ませる。
口に合わぬほど、きつい杯を注ぎ込む。

彼らの心は火葬場の夜明けのように淋しく
彼らの生活は海水浴場の秋のように虚しく
その心その生活から一時《いっとき》でも離れたくて酒を飲む。
阿片の代わりに、死の代わりにアルコールを飲み下す。

いたるところが醸造場で　路地ごとに色酒家だ。
カフェの椅子を壊し杯を砕く男が
血を流すのを厭わない朝鮮のテロリストで
交番の門前に小便をする酔っぱらいが

この地の一番勇敢な反逆児だというのか？
それなら電柱につかまって慟哭する友は
この地面の悲憤を独り占めする志士である。

ああ、朝鮮は気弱な若者に酒を飲ませる。
意志の固まらぬ青春たちの脳を溶かそうとする。
生木にアルコールをかけ　燃やしてしまおうとする。

조선은 술을 먹인다

조선은 마음 약한 젊은 사람에게 술을 먹인다.
입을 어기고 독한 술잔으로 들어붓는다.

그네들의 마음은 화장터의 새벽과 같이 쓸쓸하고
그네들의 생활은 해수욕장의 가을처럼 공허하여

그 마음 그 생활에서 순간이라도 떠나고자 술을 마신다.
아편 대신으로, 죽음 대신으로 알콜을 삼킨다.

가는 곳마다 양조장이요 골목마다 색주가다
카페의 의자를 부수고 술잔을 깨뜨리는 사나이가
피를 아끼지 않는 조선의 테러리스트요,
파출소 문 앞에 오줌을 깔기는 주정꾼이
이 땅의 가장 용감한 반역자란 말이냐?
그렇다면 전봇대를 붙잡고 통곡하는 친구는
이 바닥의 비분을 독차지한 지사로구나.

아아 조선은, 마음 약한 젊은 사람에게 술을 먹인다.
뜻이 굳지 못한 청춘들의 골을 녹이려 한다.
생 재목에 알콜을 끼얹어 태워버리려 한다.

山に登れ

若者よ　山に登れ！
きみの心は憂鬱にとりつかれたので
山に登って声帯が裂けるほど大声を出せ
峰と山頂がきみの前に腰を曲げると
落ちくぼんだ谷の木の根も揺れるだろう。

若者よ　海へ走れ！
青春の身が霜枯れた草葉のようにしおれそうで
その身を躍らせ、ざぶんと蒼波に投げろ
藍碧の空と波の間を泳ぐ
自我がどれほど小さくて、また大きいかを感じろ。

若者よ　田園に抱かれろ！
きみはこの地の土の匂いを忘れて久しく
ひからびた田に額をこすりつけながら泣いても見ろ
金の鍬を高く上げ　精一杯に地心を打てば
ごとんと鳴ろう、その反響に耳を傾けろ！

산에 오르라

젊은이여, 산에 오르라!
그대의 가슴은 우울에 서리었노니
산 위에 올라 성대가 찢어지도록 소리 지르라.
봉우리와 멧부리가 그대 앞에 허리를 굽히면
어웅한 골짜기의 나무뿌린들 떨지 않으리.

젊은이여, 바다로 달리라!
청춘의 몸이 서리 맞은 풀잎처럼 시들려 하노니
그 몸을 솟쳐 풍덩실 창파에 던지라.
남벽의 하늘과 물결 사이를 헤엄치는
자아가 얼마나 작고 또한 큰가를 느끼라.

젊은이여, 전원에 안기라!
그대는 이 땅의 흙냄새를 잊은지 오래 되나니
메마른 논바닥에 이마를 비비며 울어도 보라.
쇠괭이 높이 힘껏 지심(地心)을 두드리면
쿠웅하고 울릴지니 그 반향에 귀를 기울리라!

故郷が懐かしくても
―私の故郷―

私は私の故郷には行きません。
追いだされてもう十年になりますが
一度も足を踏み入れていません。
遠くとも　峠を一つ越えるだけですが
来いという人もいないし　何を見に行くのでしょうか?

レンギョウの垣に花咲いた裏山は
腰部を削られ　文化住宅が建ち
祠堂が取り壊された跡には神社が建ったそうで
人づてに聞いただけでもあきれるのに

私の足で歩いて行けば　目に障るのをどうして見られるのでしょうか。

私はいつまでも行きません。
五代にわたり受け継がれてきた地元ですが
乞食のように訪ねたくはありません。
後園の銀杏の木でも抱きしめて
涙を浮かべるために潜り込むというのでしょうか？

どこの誰に会おうとして私が行くのでしょうか？
馴れ馴れしいほど情が移ったその山野を
どんな顔をして見ろというのでしょうか？
賑やかな家族は蜘蛛のように散らばってしまったのに
だれか私の手首をつかんで昔話でもしてくれるのでしょうか？

何をしに私がその地をまた踏むでしょうか？

沈熏

手作りの花壇の下に頬杖をついて座り
過ぎ去った夢の跡でもたどってみろというのでしょうか?
思い出の羽を思うさま広げたところで
その翼さえ破れたらどうするのでしょうか?

このまま死ぬとしても行きません。
手ぶらでその峠をとぼとぼとは越えません。
その山野が飛び出さんばかりに喜んで迎え
わが家の踏み石に私の靴を再び脱ぐ前に
首を引っくくられても私の故郷には行きません。

무얼 하려고 내가 그 땅을 다시 밟겠소?
손수 가꾸던 화단 아래턱이나 고이고 앉아서
지나간 꿈의 자취나 더듬어 보라는 말이요?
추억의 날개나마 마음대로 펼치는 것을
그 날개마저 찢기며 어찌하겠소?

이대로 죽으면 죽었지 가지 않겠소.
빈 손 들고 터벌터벌 그 고개는 넘지 않겠소.
그 산과 그 들이 내닫듯이 반기고
우리집 디딤돌에 내 신을 다시 벗기 전엔
목을 매어 끌어내도 내 고향엔 가지 않겠소.

고향은 그리워도
—내 고향—

나는 내 고향을 가지를 않소.
쫓겨난 지가 10년이나 되건만
한 번도 발을 들여 놓지 않았소.
멀기나 한가, 고개 하나 넘어건만
오라는 사람도 없거니와 무얼 보러 가겠소?

개나리 울타리에 꽃 피던 뒷동산은
허리가 잘려 문화주택이 서고,
사당 헐린 자리엔 신사가 들어앉았다니,
전하는 말만 들어도 기가 막히는데
내 발로 걸어가서 눈꼴이 틀려 어찌 보겠소?

나는 영영 가지를 않으려오.
5대나 내려오며 살던 내 고장이건만
비렁뱅이처럼 찾아가지는 않으려오
후원(後苑)의 은행나무나 부둥켜안고
눈물을 지으려고 기어든단 말이요?

어느 누구를 만나려고 내가 가겠소?
잔뼈가 굵도록 정이 든 그 산과 그 들을
무슨, 낯짝을 쳐들고 보더란 말이요?
번잡하던 식구는 거미같이 흩어졌는데
누가 내 손목을 잡고 옛날이야기나 해 줄상 싶소?

草地に横たわって

秋の日　草地に横たわって
仰ぎ見る朝鮮の空は
どうしてあんなに清く青く高いのでしょうか?
磨いておいた鏡だってあれほどきれいでしょうか。

見れば見るほど
千里万里の思いがぼんやりして
雲のかたまりに乗って漂う私の心は
切なさと落ち着きのなさでは比べるものがありません
今日も満州では我が同胞が何千名も
奴らに追い出され　酷い悪刑まで受け
何十名ずつ縛られ　銃に打たれ倒れたとの便り!

嘘ですよ　いくら考えても嘘のようです
故国の空はあんなに清く青く無心なのに
同じ空の下でそんな悲劇が起こったはずはありません。

内地で苦労する人たちは運に恵まれているでしょう
鉄窓の中でもこの澄んだ空気を吸い込み
この明るい日差しを浴びられるのではないでしょうか。

畦にはだかった案山子のように
破れた服をかけ　人の農事に手足の爪をすり減らし
豊作の野原で銃に打たれ　その土に血を流すとは……

狂いそうな落ち着かない気持ち　とりとめなく
再び仰ぎ見ると　高く清く真っ青な秋の空です

풀밭에 누워서

가을날 풀밭에 누워서
우러러보는 조선의 하늘은
어쩌면 저다지도 푸르고 높을까요?
닦아 놓은 거울인들 저보다 더 깨끗하오리까.

바라면 바라볼수록
천리만리 생각이 아득하여
구름장을 타고 같이 떠도는 내 마음은,
애달프고 심란스럽기 비길 데 없소이다.
오늘도 만주벌에서는 몇 천 명이나 우리 동포가
놈들에게 쫓겨나 모진 악형까지 당하고
몇 십 명씩 묶여서 총을 맞고 거꾸러졌다는 소식!

거짓말이외다, 아무리 생각하여도 거짓말 같사외다.
고국의 하늘은 저다지도 맑고 푸르고 무심하거늘
같은 하늘 밑에서 그런 비극이 있었을 것 같지는 않소이다.

안땅에서 고생하는 사람들은 상팔자지요.
철창 속에서라도 이 맑은 공기를 호흡하고
이 명랑한 햇발을 쬐어 볼 수나 있지 않습니까?

논두렁에 버티고 선 허재비처럼
찢어진 옷 걸치고 남의 농사에 손톱 발톱 닳리다가
풍년 든 벌판에서 총을 맞고 그 흙에 피를 흘리다니……

미쳐날 듯이 심란한 마음 걷잡을 길 없어서
다시금 우러르니 높고 맑고 새파란 가을 하늘이외다.
분한 생각 내뿜으면 저 하늘이 새빨갛게 물이 들 듯하외다!

悔しい気持ちで思いをめぐらすと　あの空が真っ赤に染まりそうです！

初雪

雪が降ります　初雪が降ります
三升柄の足袋*を裏返しに履き
しずしずと舞い降ります
田圃と野と藁葺きの大棟の上に
梨の花のように散り乱れ
こんこんと舞い降ります。

パラパラ舞う雪の翼は
私の心を静かに包んでくれます
白装束の娘のようにチマの裾を広げ
隅々まで幅を広げて居座ります。

その雪が解けます　溶け落ちます
忍び泣く涙が流れこむように
私の心が熱くてその雪が解けます
軒のはしに私の胸中に
そろりと流れ落ちます。

＊三升柄の足袋　太目の麻糸で作った足袋。

첫눈

눈이 내립니다 첫눈이 내립니다
삼승버선 엎어 신고 사뿟사뿟 내려앉습니다
논과 들과 초가집 용마루 위에
배꽃처럼 흩어져 송이송이 내려앉습니다.

조각조각 흩날리는 눈의 날개는
내 마음을 고이 고이 덮어줍니다
소복 입은 아가씨처럼 치맛자락 벌리고
구석구석 자리를 펴고 들어앉습니다.

그 눈이 녹습니다 녹아내립니다
남몰래 짓는 눈물이 속으로 흘러들 듯
내 마음이 뜨거워 그 눈이 녹습니다
추녀 끝에, 내 가슴 속에, 줄줄이 흘러내립니다.

痛哭の中で

大通りにあふれる白衣の波の中で鳴き声がする。
銃剣が閃き　軍兵の爪音騒々しい所に
憤激した群れは追い込まれ　踏みにじられ
地面に伏し　最後の悲鳴を上げる。
地を叩き　また空を仰ぎ
叫ぶ声　咽《むせ》ぶ声　九霄《きゅうしょう》*にしみる。

黒いデンギ*をつけた少女よ
雪片のような白衣を着た少年よ
その何がきみたちの小さな胸を
残念なことに悲しみに震わせたのか。
だれがあのように熱い涙を

君たちのきれいな両目から搾《しぼ》り出せと言ったのか?

枝々に新緑の陽炎が立ち上り
ヒバリが小川に沿う楽しい春日に
君たちはどうしてもう　喜びの歌を忘れてしまったのか。
無邪気な君たちの幸せさえ　あえてだれかが奪っていったのか。

祖父よ！　祖母よ！
ただ墓の中の安息しかなく、希望の絶えた老人よ！
粟飯にしわが寄った顔は黄色く、世の悩みに背中は曲がり
腸《はらわた》を絞りながら悲しむ姿はどうしても見ていられません。

やめなさい。もう涙はおさえなさい。
あなたたちの衰弱した白骨だけでも無事に葬られるよう望んだこの地は
他人の「手鍬《ホミ》」が隈なく土を掘り返してもう久しく

いま血が出るほど泣くとしても　過ぎ去った昔が
また戻ってくると思うのですか？

毎年春ごとに新しい主人は
仁政殿*の桜の陰で宴を催し
梨花の帳*は古い車に付き
塵だけの舞う廃墟にひらひらなびいても
これからは誰によって道がひらかれるのか……。

おお、追われていく群よ
倒れてしまった単なる偶像の前に跪《ひざまず》くな！
はかない人生　死こそ我が宿命ではないか！

しかし、おお、しかし
許しがたき恨みを抱いた未亡人の悲しみのようなものとはいえ、

隣家の祭壇さえ崩れ落ち　訴え出るところさえもないのだから
咽《むせ》び泣こうとするが涙さえ枯れて
無念の胸をこの一日に叩きながら泣こう！
額で土をこすり　目から血を噴きながら……。

＊九霄　天の最も高いところ。
＊デンギ　束ねた髪につけた飾り用の紐や布切れ。
＊仁政殿　ソウル鐘路区昌徳宮に位置した韓国の国宝で、朝鮮時代国家儀式を行った場所（正殿）。
＊梨花の帳　朝鮮時代後期に官吏たちが使った帳。

그치시지요. 그만 눈물을 거두시지요.
당신네의 쇠잔한 백골이나마 편안히 묻히고자 하던 이 땅은
남의 '호미'가 샅샅이 파헤친 지 이미 오래거늘
지금에 피나게 우신들 한 번 간 옛날이
다시 돌아올 줄 아십니까?

해마다 봄마다 새 주인은
인정전(仁政殿) 벚꽃 그늘에 잔치를 베풀고
이화(梨花)의 휘장은 낡은 수레에 붙어
티끌만 날리는 폐허를 굴러다녀도
일후(日後)란 뉘 있어 길이 서러나 하랴마는…….

오오, 쫓겨가는 무리여
쓰러져버린 한낱 우상 앞에 무릎을 꿇지 말라!
덧없는 인생 죽고야 마는 것이 우리의 숙명이거니!

그러나 오오, 그러나
철천의 한을 품은 청상의 설움이로되
이웃집 제단조차 무너져 하소연할 곳 없으니
목 맺혀 울고자 하나 눈물마저 말라붙은
억색한 가슴을 이 한날에 두드리며 울자!
이마로 흙을 비비며 눈으로 피를 뿜으며…….

통곡 속에서

큰 길에 넘치는 백의의 물결 속에서 울음소리 일어난다.
총검이 번득이고 군병의 말굽소리 소란한 곳에
분격한 무리는 몰리며 짓밟히며
땅에 엎디어 마지막 비명을 지른다.
땅을 두드리며 또 하늘을 우러러
외치는 소리 느껴우는 소리 구소(九霄)에 사무친다.

검은 댕기 드린 소녀여
눈송이같이 소복 입은 소년이여
그 무엇이 너희의 작은 가슴을
안타깝게도 설움에 떨게 하더냐
그 뉘라서 저다지도 뜨거운 눈물을
어여쁜 너희의 두 눈으로 짜내라 하더냐?

가지마다 신록의 아지랑이가 피어오르고
종달새 시내를 따르는 즐거운 봄날에
어찌하여 너희는 벌써 기쁨의 노래를 잊어버렸는가?
천진한 너희의 행복마저 차마 어떤 사람이 빼앗아 가던가?

할아버지여! 할머니여!
오직 무덤 속의 안식밖에 희망이 그친 노인네여!
간밤에 주름잡힌 얼굴은 누르렀고 세고(世苦)에 등은 굽었거늘
창자를 쥐어짜며 애통하시는 양은 차마 뵙기 어렵소이다.

이상화
李相和

(イ・サンファ、1901－1943)

慶尚北道大邱で生まれる。1919年ソウル高等普通学校を卒業し、三・一独立運動の示威行動を準備する。22年「白潮」を通じて文壇デビュー、その後フランス行を夢みてその足がかりに日本に留学、東京のアテネ・フランセで学ぶ。朝鮮総督府から監視されフランス行を断念。東京で柳宝華（朝鮮咸興出身の留学生）という女性に出会い深く付き合う。詩人としてだけでなく、独立運動家、翻訳家としても知られている。

奪われた野にも春は来るのか

いまは他人の地、奪われた野にも春は来るのか。

私は全身に日差しを浴び
青い空　青い野のくっつくところへ
髪の分け目のような田圃道に沿って
夢の中を彷徨《さまよ》うように歩き続ける。

口唇《くちびる》を閉じた空よ　野よ
思うに私はひとりで来たのではない
きみが誘ったのか　だれかが呼んだのか
胸がつかえる　話しておくれ。

風は私の耳にささやきながら
一歩も止まるなと　裾を翻し
ひばりは垣を越えてお姫さまのように
雲の陰でうれしそうに笑う。

ありがたくも豊かに実った麦畑よ
昨夜零時過ぎに降りだしたやさしい雨で
きみは麻の束みたいな髪を洗ったね
私の頭さえ軽くなったよ。

一人でも快く行こう
乾いた田を抱いてめぐるやさしい小川
乳飲み子をなだめる歌をうたい
一人で肩踊りを踊って流れていく。

蝶々よ　つばめよ　急ぐな
鶏頭《ケイトウ》や昼顔にもあいさつをしなきゃ
ヒマシ油を塗った人が
草取りをする野だから見渡したいのだ。

私の手に手鍬《ホミ》を持たせよ
豊かな乳房みたいな柔らかいこの土を
足首が痛むほど踏み　気持ちよい汗も流したい。

川岸に出てきた子どものように
休むことなく駆け回る私の魂よ
何を探し　どこへ行くのか
可笑《おか》しいのだ　答えを出せよ。

私は全身に青臭さを帯びて

青い笑い　青い悲しみが入り混じった間を
足を引きずって一日を歩く
おそらく春の心霊が乗り移ったらしい。

しかし今は野を奪われ、春さえ奪われそうだ。

내 손에 호미를 쥐어 다오.
살진 젖가슴과 같은 부드러운 이 흙을
발목이 시도록 밟아도 보고 좋은 땀조차 흘리고 싶다.

강가에 나온 아이와 같이
짬도 모르고 끝도 없이 닫는 내 혼아
무엇을 찾느냐 어디로 가느냐 우습다 답을 하려무나.

나는 온몸에 풋내를 띠고
푸른 웃음 푸른 설움이 어우러진 사이로
다리를 절며 하루를 걷는다 아마도 봄 신령이 지폈나 보다.

그러나 지금은 — 들을 빼앗겨 봄조차 빼앗기겠네.

빼앗긴 들에도 봄은 오는가

지금은 남의 땅 — 빼앗긴 들에도 봄은 오는가?

나는 온몸에 햇살을 받고
푸른 하늘 푸른 들이 맞붙은 곳으로
가르마 같은 논길을 따라 꿈 속을 가듯 걸어만 간다.

입술을 다문 하늘아 들아
내 맘에는 내 혼자 온 것 같지를 않구나
네가 끌었느냐 누가 부르더냐 답답워라 말을 해 다오.

바람은 내 귀에 속삭이며
한 자욱도 섰지 마라 옷자락을 흔들고
종다리는 울타리 너머 아씨같이 구름 뒤에서 반갑다 웃네.

고맙게 잘 자란 보리밭아
간밤 자정이 넘어 내리던 고운 비로
너는 삼단 같은 머리털을 감았구나 내 머리조차 가뿐하다.

혼자라도 가쁘게나 가자.
마른 논을 안고 도는 착한 도랑이
젖먹이 달래는 노래를 하고 제 혼자 어깨춤만 추고 가네.

나비 제비야 깝치지 마라.
맨드라미 들마꽃에도 인사를 해야지
아주까리 기름을 바른 이가 지심 매던 그 들이라 다 보고 싶다.

詩人に

一篇の詩　それで
新世界の一つを産むことを悟る時こそ
詩人よ　きみの存在が
初めて宇宙にあるべききさきみとして知られるだろう。
干ばつの田圃にはカエルの鳴き声がなくてはならぬように。

新世界の中から
心身が別物のジュル風流*のみ流れてみろ。
詩人よ　きみの命は
うんざりする足の不自由なふりをまだやっているのだ。
日食の太陽などいつ昇っても構わないだろうに。

李相和

詩人よ　きみの栄光は
狂った犬の尻尾を踏む　子どものゆとりのない心になって
夜でも　昼でも
新世界を産むため、手をつけた跡が詩になる時にある。
蝋燭《ろうそく》の火に飛び込み、死んでも美しい蝶々を見よ。

＊ジュル風流　士族階級が楽しんだ弦楽器中心の歌舞音曲。

시인에게

한편의 시 그것으로
새로운 세계 하나를 낳아야 할 줄 깨칠 그 때라야
시인아 너의 존재가
비로소 우주에게 없지 못할 너로 알려질 것이다.
가뭄 든 논에는 청개구리의 울음이 있어야 하듯.

새 세계란 속에서도
마음과 몸이 갈려 사는 줄 풍류만 나와 보아라.
시인아 너의 목숨은
진저리나는 절름발이 노릇을 아직도 하는 것이다.
언제든지 일식된 해가 돋으면 뭣하며 진들 어떠랴.

시인아 너의 영광은
미친 개 꼬리도 밟는 어린애의 짬 없는 그 마음이 되어
밤이라도 낮이라도
새 세계를 낳으려 손댄 자국이 시가 될 때에 있다.
촛불로 날아들어 죽어도 아름다운 나비를 보아라.

李相和

朝鮮病

昨日も今日も会う人ごとに息がつまる。
久しぶりに会う喜びもなく
甘瓜の花の如き顔に空笑いが巣を作る。
吹雪が吹きつける冬らしさもなく
ワラビのような拳に脂汗が流れ続ける。
あの空に窓でも開けようか　息がつまる。

조선병

어제나 오늘 보이는 사람마다 숨결이 막힌다.
오래간만에 만나는 반가움도 없이
참외 꽃 같은 얼굴에 선웃음이 집을 짓더라.
눈보라 몰아치는 겨울 맛도 없이
고사리 같은 주먹에 진땀물이 굽이치더라.
저 하늘에다 봉창이나 뚫으랴 숨결이 막힌다.

李相和

慟哭

空を仰ぎ
泣きはするけれど
空が懐かしく泣くのではない。
両足を伸ばせぬこの地が哀切に思われ
空をにらむと
涙があふれ出る。
太陽よ　笑うな
月も　出るな。

통곡

하늘을 우러러
울기는 하여도
하늘이 그리워 울음이 아니다.
두 발을 못 뻗는 이 땅이 애닯아
하늘을 흘기니
울음이 터진다.
해야 웃지 마라.
달도 뜨지 마라.

緋音―緋音*の叙事

この世紀の果てに追い込む暗い夜に
また闇を夢見る。居眠る朝鮮の夜
忘却だらけのこの夜の中には
日差しが差し込まなくなり
神の御話は満腹した無駄口に聞こえる。

昼も夜、夜も夜
その夜の闇から姿を現したモグラのような神霊は
光明の宴という名も知らず
酔っぱらった盲人が遠道を歩くように
よろめく足跡には血が流れる！

＊緋音　詩人の造語で、不安と悲しさを表す赤いイメージの音。

비음(緋音)—비음의 서사

이 세기를 몰고 넣는, 어둔 밤에서
다시 어둠을 꿈꾸노라. 조으는 조선의 밤
망각 뭉텅이 같은 이 밤 속으론
햇살이 비추어 오지도 못하고
하나님의 말씀이, 배부른 군소리로 들리노라.

낮에도 밤, 밤에도 밤
그 밤의 어둠에서 스며난, 뒤지기 같은 신령은
광명의 목거지란 이름도 모르고
술 취한 장님이 머언 길을 가듯
비틀거리는 자국엔, 핏물이 흐른다!

先駆者の歌

ぼくは人が見るに狂人らしい
だがぼくの知るところでは真の人だ。

ぼくを目障りに思うこの世には
生を求める人が多い。

おお、恐ろしい、恥ずかしい
彼らの華やかな暮らしが目に見える。

もしやぼくの命があるゆえ
その生活ができないのか。ああ苦しい。

ぼくは知識が少ないか、無知なところが多いか
ぼくはあまりに愚かなのか、賢いのか。

どうでもぼくのやりたいことは狂気の沙汰よ
人の幸せな家を壊すのか　ぼくさえ知らない。

人よ、狂ったぼくについてこい
ぼくは狂人の輿に乗って死も見せてやるよ。

선구자의 노래

나는 남 보기에 미친 사람이란다.
마는 내 알기엔 참된 사람이노라.

나를 아니꼽게 여길 이 세상에는
살려는 사람이 많기도 하여라.

오 두려워라 부끄러워라.
그들의 꽃다운 사리가 눈에 보인다.

행여나 내 목숨이 있기 때문에
그 살림을 못 살까, 아, 괴롭다.

내가 알음이 적은가 모름이 많은가
내가 너무 어리석은가 슬기로운가.

아무래도 내 하고싶음은 미친 짓뿐이라.
남의 꿀 듣는 집을 무늘지 나도 모른다.

사람아 미친 내 뒤를 따라만 오너라.
나는 미친 흥에 겨워 죽음도 뵈줄 테다.

独白

ぼくは生きよう　ぼくは生きよう。
直き心で生きられなければ狂っても生きてしまおう。
他人の口から　世間の口から
人の霊魂の命まで奪おうとする
物笑いを招く米が
ぼくの哀れな死骸の上に
にわか雨のように降り注いでも
降り注いでも
ぼくは生きよう　思う通りに生きよう。
それでも生きられなければ
ぼくは自分の命が惜しいとは思わない
唖者の赤い泣き声の中でも

生きてしまおう。
怨恨という名も顔も知らない
大雨の川瀬の中に落ちてぼくは生きよう。
そこで手足をばたばたさせ
恥ずかしげもなく見悶えしてみて
死んだら━死んだら━　死んだ後でも生きてしまおう。

독백

나는 살련다 나는 살련다.
바른 맘으로 살지 못하면 미쳐서도 살고 말련다.
남의 입에서 세상의 입에서
사람의 영혼의 목숨까지 끊으려는
비웃음의 쌀이
내 송장의 불쌍스런 그 꼴 위로
소낙비같이 내려 쏟을지라도,
짓퍼부울지라도,
나는 살련다, 내 뜻대로 살련다.
그래도 살 수 없다면
나는 제 목숨이 아까운 줄 모르는
벙어리의 붉은 울음 속에서라도
살고는 말련다.
원한이란 이름도 얼굴도 모르는
장마 진 냇물의 여울 속에 빠져서 나는 살련다.
게서 팔과 다리를 허둥거리고
부끄럼 없이 몸살을 쳐보다
죽으면— 죽으면— 죽어서라도 살고는 말련다.

逆天

この時こそこの国の貴重な秋の季節だ
それに絵のような夢のようないい夜だ
早秋の十四夜　薄青いガラスが天井に映る夜
そこから月は迎えに来た　顔を上げ
星は待つ　目配せをする
一筋の風は道が開けるよう望む
時々癇癪を起こすのではないか。

しかしぼくは今夜気持ちがいい　行きたくない
いや、ぼくは今夜気持ちがいい　見たくもない

こんな時　こんな夜　この国まで豊かに見える彼方

日差しを浴びないその地に生まれ
心の底から笑えなかったぼくは
すんなり見ても
分別のないぼくの心
男やもめの子が父に従うように　火を見た蝶々になり
誘う顔のような月に　笑う歯のような星に
前も知らず後ろも知らず一目散に走ってゆく。

そうして今ぼくがどこで何のためにこんなことをするのか
それさえ忘れて昼も夜も遊び歩くのが恐ろしい。

遠慮なく生きるように見えて、遠慮のかたまりの人の世
美しい時が来ると美しいその時に交わり、一つのかたまりには
なれないこの暮らし
夢のようで絵のようで、子どもの心のような国があり

いくら呼んでも自由に行けず、思うことさえできなくさせるこの悲しみ
口のきけない人のこの痛い悲しみがくずの蔓のように幾日幾年も絡み合う。
見ろ　今夜天が人を裏切ることに気づいた
いや　今夜人が天を裏切ることにも気づいた。

역천

이때야말로 이 나라의 보배로운 가을철이다.
더구나 그림도 같고 꿈과도 같은 좋은 밤이다.
초가을 열 나흘 밤 열푸른 유리로 천정을 한 밤
거기서 달은 마중 왔다 얼굴을 쳐들고 별은 기다린다 눈짓을 한다.
그리고 실낱같은 바람은 길을 끄으려 바래노라 이따금 성화를 하지 않는가.

그러나 나는 오늘 밤에 좋아라 가고프지가 않다.
아니다, 나는 오늘 밤에 좋아라 보고프지도 않다.

이런 때 이런 밤 이 나라까지 복되게 보이는 저편 하늘을
햇살이 못 쪼이는 그 땅에 나서 가슴 밑바닥으로 못 웃어 본 나는
선뜻만 보아도
철모르는 나의 마음 홀아비 자식 아비를 따르듯 불 본 나비가 되어
꾀이는 얼굴과 같은 달에게로 웃는 이빨 같은 별에게로
앞도 모르고 뒤도 모르고 곤두치듯 줄달음질을 쳐서 가더니.

그리하여 지금 내가 어디서 무엇 때문에 이 짓을 하는지
그것조차 잊고서도 낮이나 밤이나 노닐 것이 두려웁다.

걸림 없이 사는 듯하면서도 걸림뿐인 사람의 세상,
아름다운 때가 오면 아름다운 그때와 어울려 한 뭉텅이가 못 되어지는 이 살이.
꿈과도 같고 그림 같고 어린이 마음 위와 같은 나라가 있어
아무리 불러도 멋대로 못 가고 생각조차 못하게 지천을 떠는 이 설움
벙어리 같은 이 아픈 설움이 칡덩굴같이 몇 날 몇 해나 얽히어 틀어진다.

보아라 오늘 밤에 하늘이 사람 배반하는 줄 알았다.
아니다, 오늘 밤에 사람이 하늘 배반하는 줄도 알았다.

李相和

雨あがりの朝

夜明けまで降り注いだ雨も止み
東の空が今になって赤らむ。

何かを待つように静かなこの地上に
太陽はゆっくり昇る。

眩しいこの地
美しいこの地
世の中があまりに明るくきれいなので
足を踏み出すのもはばかられる。

太陽はすべてのものに乳を飲ませたらしい

友よ　見ろ
我らの前後にあるすべてのものが
日差しのひと筋、ひと筋を引いているのではないか。

こんな喜びがまたあろうか
こんな良いことがまたあろうか
この地は愛のかたまりらしい
ああ、今日のわが命は幸いに見える。

비 갠 아침

밤이 새도록 퍼붓던 그 비도 그치고
동편 하늘이 이제야 불그레하다.

기다리는 듯 고요한 이 땅 위로
해는 점잖게 돋아 오른다.

눈부신 이 땅
아름다운 이 땅
내야 세상이 너무도 밝고 깨끗해서
발을 내밀기에 황송만 하다.

해는 모든 것에게 젖을 주었나 보다
동무여 보아라
우리의 앞뒤로 있는 모든 것이
햇살의 가닥 가닥을 잡고 빨지 않느냐.

이런 기쁨이 또 있으랴
이런 좋은 일이 또 있으랴
이 땅은 사랑 뭉텅이 같구나
아, 오늘의 우리 목숨은 복스러워도 보인다.

嵐を待つ心

遠い、遠い昔から
ああ、何百年何千年の昔から
手鍬《ホミ》と鋤《すき》に背肉をとられ
ジャガイモとキビに腹の油を吸い取られた
山村のやつれ切った地べたの上で
いまだに人々は収穫を望み続ける。

怠惰さを醸し出すこの晩春の日
「ぼくはこのように苦しめられた……」
石ころをちらつかせる田と畑
そこで居眠りしながら手鍬《ホミ》を使う
田人《たひと》の命をぼくは見る。

心も口も持たぬ土だと知りながらも
もっとほしいと丹念に掘り起こす
彼らの心には呪いを受けるべき
宿命の与える自足がいまだにある
自足が招く屈従がいまだにある。

空にも怠惰な白雲が流れ
地にも苦しい沈黙が漂う
おお——こんな日　こんな時には
この地とぼくの心の憂鬱をうちくだく
東海《トンヘ》から暴風雨でも降り注げ——と、願うよ。

폭풍우를 기다리는 마음

오랜 오랜 옛적부터
아, 몇 백년 몇 천년 옛적부터
호미와 가래에게 등심살을 벗기이고
감자와 기장에게 속기름을 빼앗긴
산촌(山村)의 뼈만 남은 땅바닥 위에서
아직도 사람은 수확을 바라고 있다.

게으름을 빚어내는 이 늦은 봄날
'나는 이렇게도 시달렸노라……'
돌멩이를 내보이는 논과 밭—
거기서 조으는 듯 호미질하는
농사짓는 사람의 목숨을 나는 본다.

마음도 입도 없는 흙인 줄 알면서
얼마라도 더 달라고 정성껏 뒤지는
그들의 가슴엔 저주를 받을
숙명이 주는 자족이 아직도 있다
자족이 시킨 굴종이 아직도 있다.

하늘에도 게으른 흰구름이 돌고
땅에서도 고달픈 침묵이 까라진
오—이런 날 이런 때에는
이 땅과 내 마음의 우울을 부술
동해에서 폭풍우나 쏟아져라—빈다.

이육사
李陸史

（イ・ユクサ、1904－1944）

慶尚北道安東で生まれる。幼い時に祖父に漢学を学び、普門義塾で修学した後、1924年4月日本に留学。東京正則予備校、日本大学専門部（警察記録）などで学んだが健康を損ない退学。この頃、西欧の詩人たちとも交流している。25年1月に帰国。その後、独立運動団体の義烈団に加入、中国に渡り北京の中山大学などで学びながら独立運動に参加する一方、魯迅に出会うなどしながら作品創作に励み、植民地化の悲運をテーマに抵抗の意志を示す詩を次々に発表。1943年北京での武器搬入計画活動のため帰国中に検挙、北京に移送され獄死した。

青ぶどう

わが故郷の七月は
青ぶどうの熟しゆく季《とき》

この村の伝説が鈴なりに実り
遠い空が夢を見て　粒ごとに入りこむ。

空の下で青い海が胸を開き
白い帆船がなめらかに揺れ動けば

わが待ち人は疲れ切った身に
清袍《チョンポ》を着て訪ねるという。

彼を迎え　このぶどうを取って食べるなら
両手をしとどに濡らしてもよい。

わが子よ　われらの食卓には銀の盆に
白い麻の布巾を用意しておけ。

李陸史

청포도

내 고장 칠월은
청포도가 익어 가는 시절.

이 마을 전설이 주저리주저리 열리고
먼 데 하늘이 꿈꾸며 알알이 들어와 박혀

하늘 밑 푸른 바다가 가슴을 열고
흰 돛단배가 곱게 밀려서 오면

내가 바라는 손님은 고달픈 몸으로
청포(靑袍)를 입고 찾아온다고 했으니

내 그를 맞아 이 포도를 따 먹으면
두 손은 함빡 적셔도 좋으련.

아이야, 우리 식탁엔 은쟁반에
하이얀 모시 수건을 마련해 두렴.

絶頂

冷たい季節にむち打たれ
いよいよ北方へ追い立てられる。

空も疲れ果て　気も尽きた高原
霜柱の刀の上に立つ。

どこに跪《ひざまず》くべきか
爪先立ち一歩踏みだすところさえない。

だから目を閉じて思うしかない
冬は鋼鉄のごとき虹らしい。

절정

매운 계절의 채찍에 갈겨
마침내 북방으로 휩쓸려 오다.

하늘도 그만 지쳐 끝난 고원
서릿발 칼날진 그 위에 서다.

어디다 무릎을 꿇어야 하나
한 발 재겨 디딜 곳조차 없다.

이러매 눈 감아 생각해 볼밖에
겨울은 강철로 된 무지갠가 보다.

広野

はるか遠い日に
天が初めて開かれ
どこから鳥の鳴き声が聞こえただろうか。

すべての山脈が
海を恋慕して走る時も
ここはどうしても犯せなかったのだろう。

絶え間ない光陰を
季節がまめまめしく咲かせては散り
大河がようやく道を開いた。

李陸史

いまは雪が降り
梅の香りだけ微かなるがゆえに
ぼくはここに貧しき歌の種を蒔こう。
また千古の時の後
白馬に乗る超人が現れて
この広野で声高らかに歌うように。

광야

까마득한 날에
하늘이 처음 열리고
어디 닭 우는 소리 들렸으랴.

모든 산맥들이
바다를 연모(戀慕)해 휘달릴 때도
차마 이 곳을 범(犯)하던 못하였으리라.

끊임없는 광음(光陰)을
부지런한 계절이 피어선 지고
큰 강물이 비로소 길을 열었다.

지금 눈 내리고
매화 향기 홀로 아득하니
내 여기 가난한 노래의 씨를 뿌려라.

다시 천고(千古)의 뒤에
백마 타고 오는 초인(超人)이 있어
이 광야에서 목놓아 부르게 하리라.

李陸史

花

東方は空も果て
一滴の雨も降らないその地にも
かえって花は赤く咲くのではないか
ぼくの命を整え　休むことのない日よ。

北のツンドラでも冷たい夜明けは
深い雪中に花のつぼみが動き出し
ツバメたちの黒々と飛んでくるのを待つ
ついに破ることのない約束よ。

海の真っただ中　沸き立つところ
風の流れに沿い　燃え上がる花の城には

蝶々のように酔う回想の群れよ
今日ぼくはここでお前を呼ぶのだ。

꽃

동방은 하늘도 다 끝나고
비 한 방울 내리잖는 그땅에도
오히려 꽃은 빨갛게 피지 않는가
내 목숨을 꾸며 쉬임 없는 날이여.

북쪽 툰드라에도 찬 새벽은
눈 속 깊이 꽃맹아리가 옴작거려
제비떼 까맣게 날아오길 기다리나니
마침내 저버리지 못할 약속이여.

한바다 복판 용솟음 치는 곳
바람결 따라 타오르는 꽃 성에는
나비처럼 취하는 회상의 무리들아
오늘 내 여기서 너를 불러 보노라.

喬木

蒼空に届くように
歳月に焼かれ　ぐっとそそり立ち
いっそ春にも花を咲かすな。

クモの古い巣をまとい
果てしない夢の道に一人ときめく
心は決して悔いることはない。

黒い影さびしければ
ついに深い湖に逆さまに倒れ
風もどうにも揺さぶれない。

교목

푸른 하늘에 닿을 듯이
세월에 불타고 우뚝 남아 서서
차라리 봄도 꽃피진 말아라.

낡은 거미집 휘두르고
끝없는 꿈길에 혼자 설레이는
마음은 아예 뉘우침 아니라.

검은 그림자 쓸쓸하면
마침내 호수 속 깊이 거꾸러져
차마 바람도 흔들진 못해라.

李陸史

湖

精一杯走りたい気もするだろうが
風に洗ったように再び瞑想する瞳

ときに白鳥を呼びよせ　飛ばせたりもするが
つい山裾を抱いて寝返り　すすり泣く夜

微かな星影をちりばめる間
紫の霧は軽い瞑帽*のように被せられる。

＊冥帽　李陸史の独創的な詩語で、落ち着いた薄暗い色の帽子と思われる。

호수

내여달리고 저운 마음이련마는
바람 씻은 듯 다시 명상(瞑想)하는 눈동자

때로 백조를 불러 휘날려보기도 하건만
그만 기슴을 안고 돌아누워 흑흑 느끼는 밤

희미한 별 그림자를 씹어 놓이는 동안
자줏빛 안개 가벼운 명모(瞑帽)같이 내려 씌운다.

李陸史

一つの星を歌おう

一つの星を歌おう。ただ一つの星を
十二星座のあの数々の星をどうして歌えようか。

ただ一つの星！　夜明けに見て　日暮れにも見る星
ぼくらととても親しく　最も輝かしい星を歌おう
美しい未来を作り上げる　東方の大きな星を持とう。

一つの星を持つことは　一つの地球を持つこと
染みついた悲しみしか失うもののないこの古い地で
一つの新しい地球を持つ　来るべき日の喜びの歌を
首に青筋を立てて　思いきり歌ってみよう。

乙女の瞳を感じながら帰ってゆく　軍需夜業の若き友たち
青い泉《オアシス》を思う苦しい砂漠のキャラバンも心を潤す。
火田*に石ころを拾う農民たちも　沃野千里を手にしよう。

みなが自分にふさわしい豊饒の地球の主宰者として
持ち主のない一つの星を手にする歌を歌おう。

一つの星　一つの地球がしっかりと鍛えられたその地上に
全ての生産の種を　ぼくらの手でばらまいてみよう。
罌粟《ケシ》のような燦爛《さんらん》たる実を収穫する饗宴には
礼儀に囚われぬ半酔の歌でも歌ってみよう。

厭離穢土《おんりえど》を望む人々を治める神はつねに崇高で
新しい星を探しもとめる移民の中には入りこまないから
新しい地球には罪なき歌を真珠みたいに撒き散らそう。

一つの星を歌おう。ただ一つの星であっても
一つまた一つの十二星座すべての星を歌おう。

＊火田　焼き畑。

한 개의 별을 노래하자

한 개의 별을 노래하자. 꼭 한 개의 별을
십이성좌(十二星座) 그 숱한 별을 어찌나 노래하겠니.

꼭 한 개의 별! 아침 날 때 보고 저녁 들 때도 보는 별
우리들과 아주 친하고 그 중 빛나는 별을 노래하자.
아름다운 미래를 꾸며 볼 동방의 큰 별을 가지자.

한 개의 별을 가지는 건 한 개의 지구를 갖는 것
아롱진 설움밖에 잃을 것도 없는 낡은 이 땅에서
한 개의 새로운 지구를 차지할 오는 날의 기쁜 노래를
목안에 핏대를 올려가며 마음껏 불러 보자.

처녀의 눈동자를 느끼며 돌아가는 군수야업(軍需夜業)의 젊은 동무들
푸른 샘을 그리는 고달픈 사막의 행상대(行商隊)도 마음을 축여라.
화전(火田)에 돌을 줍는 백성들도 옥야천리(沃野千里)를 차지하자.

다 같이 제멋에 알맞는 풍양(豊穰)한 지구의 주재자로
임자 없는 한 개의 별을 가질 노래를 부르자.

한 개의 별 한 개의 지구(地球) 단단히 다져진 그 땅 위에
모든 생산의 씨를 우리의 손으로 휘뿌려 보자.
앵속(罌粟)처럼 찬란한 열매를 거두는 찬연(餐宴)엔
예의에 끄림없는 반취(半醉)의 노래라도 불러 보자.

염리한 사람들을 다스리는 신이란 항상 거룩합시니
새 별을 찾아가는 이민들의 그 틈엔 안 끼여 갈 테니
새로운 지구에 단죄 없는 노래를 진주처럼 흩이자.

한개의 별을 노래하자. 다만 한 개의 별일망정
한 개 또 한 개의 십이성좌 모든 별을 노래하자.

鴉片

緩やかな南蛮の夜
燔祭の焚火は燃え上がり

玉石より冷たい魂があり
紅疫が蔓延する街に注がれる。

街にはノアの洪水があふれ
危うい島の上に輝く星一つ

きみはその裸の香りをまとい
春の海風をはらんだ帆のように来い。

아편

나릿한 남만(南蠻)의 밤
번제(燔祭)의 두렛불 타오르고

옥돌보다 찬 넋이 있어
홍역이 만발하는 거리로 쏠려

거리엔 노아의 홍수 넘쳐나고
위태한 섬 위에 빛난 별 하나

너는 고 알몸동아리 향기를
봄바다 바람 실은 돛대처럼 오라.

무지개같이 황홀한 삶의 광영
죄와 곁들여도 삶직한 누리.

虹のごとき恍惚の生の栄光
罪を抱えても生きがいのある世。

失われた故郷

つばめよ
お前にも故郷があるのか。
まして江南へ帰るというのか
あの高い山坂に白雲一片。
お前の羽に付いたら
両翼がしっとりと濡れるだろう。
帰る途中　青い森を通れば
火照った胸を冷やして飛べよ。

不幸にも砂漠に落ち　焼け死のうとも
嘆くことはないだろう。

それは一緒に飛ぶ時も一人高く速く
いつも淋しい魂の存在だった。

あそこに青い空が開かれれば
お前の新しい住み処になれそうだ。

잃어진 고향

제비야
너도 고향이 있느냐

그래도 강남을 간다니
저 높은 재위에 흰 구름 한 조각

제 깃에 묻으면
두 날개가 촉촉이 젖겠구나.

가다가 푸른 숲을 지나거든
홧홧한 네 가슴을 식혀나 가렴

불행히 사막에 떨어져 타죽어도
아이서려야 않겠지.

그야 한 때 날아도 홀로 높고 빨라
어느 때나 외로운 넋이였거니

그곳에 푸른 하늘이 열리면
어쩌면 네 새 고장도 될법하이.

子夜曲

数万戸の光が射すべきわが故郷なのに
黄色い蝶も訪れない墓の上に苔ばかりが青い。

悲しみも誇りも呑み下す黒い夢
パイプには静かに燃え上がる花火の匂いも芳しい。

煙は帆柱のごとく漂って港へ入り
昔の上げ窓ごとに映る瞳にはきつい塩気が染みる。

風が吹き吹雪《ふぶ》かなければ生きられない
辛口の酒を飲み干して帰る人影の足音

息詰まる気持ちの　どこに川の水は流れるのか
月は川を追いかけ　ぼくは冷たい川の心に入る。
数万戸の光が射すべきわが故郷なのに
黄色い蝶も訪れない墓の上に苔ばかりが青い。

자야곡

수만 호 빛이래야 할 내 고향이언만
노랑나비도 오잖은 무덤 위에 이끼만 푸르러라.

슬픔도 자랑도 집어삼키는 검은 꿈
파이프엔 조용히 타오르는 꽃불도 향기론데

연기는 돛대처럼 내려 항구에 들고
옛날의 들창마다 눈동자엔 짜운 소금이 저려

바람 불고 눈보라 치잖으면 못 살리라.
매운 술을 마셔 돌아가는 그림자 발자취 소리

숨막힐 마음 속에 어디 강물이 흐르느뇨
달은 강을 따르고 나는 차디찬 강 맘에 들이노라.

수만 호 빛이래야 할 내 고향이언만
노랑나비도 오잖은 무덤 위에 이끼만 푸르러라.

한용운
韓龍雲

(ハン・ヨンウン、1879－1944)

忠清南道洪城郡で生まれる。幼い時に漢学を学び、青年期には故郷を離れ、お寺を転々しながら仏教書籍に読みふけったと伝えられる。1910年韓日合併を目撃し、中国に渡って独立軍の軍官学校を訪れ、学生らを激励したり、満州を放浪したりしたが、帰国し仏教学院で教鞭をとった。1919年三・一独立運動の時には朝鮮の民族代表33人中の一人として独立宣言書に署名し、自ら逮捕された。植民地時代の僧侶詩人であり、独立運動家としても知られている。彼が表現した詩のメタファーは、恋愛や宗教、また民族解放を目指す独立の意志として使われているといわれる。

山村の夏の夕暮れ

山の影は家々を覆い
草原《くさはら》には霜が降りたようだ。
壺を頭に乗せて歩く乙女は
歩むごとにあふれる水に耳元を濡らす。

早生のイモを掘り担いでくる人は
西の空をよく見ながら足を早める。
豊かな草を食べ満腹の子牛は
ごろりと横になったまま起きあがらない。

袖なしの胴着だけを着た子どもたちは
競い合いながら薪を抱いて帰る。

韓龍雲

산촌의 여름 저녁

산 그림자는 집과 집을 덮고
풀밭에는 이슬 기운이 난다.
질동이를 이고 물긷는 처녀는
걸음걸음 넘치는 물에 귀밑을 적신다.

올감자를 캐어 지고 오는 사람은
서쪽 하늘을 자주 보면서 바쁜 걸음을 친다.
살진 풀에 배부른 송아지는
게을리 누워 일어나지 않는다.

등거리만 입은 아이들은
서로 다투어 나무를 안아 들인다.

하나씩 둘씩 들어가는 까마귀는
어디로 가는지 알 수가 없다.

一羽二羽と飛び去るカラスは
どこに行くのかわかろうはずがない。

ニムの沈黙

ニム*は行きました。ああ、愛するわがニムは行きました。

青山の光を乱し、もみじの森に向かって伸びた小道を歩き、あえて振り切って行きました。

黄金の花のように固く輝いた昔の誓いは、冷え冷えとした塵になり、ため息の微風に飛んでいきました。

初めての鋭い「キス」の思い出は、わたしの運命の指針を変え、後ずさりして消えました。

わたしはかぐわしいあなたの声に耳がふさがり、花の如き顔に目が見えなくなりました。

愛も人の世のことだから、会う時にはもう別れを思い、警戒していないわけではなかったのに、離別は思いがけなくやって来て、驚く心は新たな悲しみに弾けます。

しかし、離別を無為な涙の泉にしてしまうのは、みずから愛を悟ることだと知る故に、とどめようのない悲しみの力を動かし、新たな希望の脳天へと注ぎこみました。

わたしたちは会う時に別れのことを気遣うように、別れる時には再び会えることを信じます。

ああ、ニムは行ってしまったのですが、わたしはニムを送りませんでした。

自分の曲調に叶わない愛の歌は、ニムの沈黙のまわりを巡ります。

＊ニム　韓龍雲の詩に出る「ニム」は仏様、祖国、恋人、あなた、わが君などの意味で使われている。

님의 침묵

님은 갔습니다. 아아, 사랑하는 나의 님은 갔습니다.

푸른 산빛을 깨치고 단풍나무 숲을 향하야 난 적은 길을 걸어서 차마 떨치고 갔습니다.

황금의 꽃같이 굳고 빛나던 옛 맹세는 차디찬 티끌이 되어서, 한숨의 미풍에 날아갔습니다.

날카로운 첫 키스의 추억은 나의 운명의 지침을 돌려놓고 뒷걸음쳐서 사라졌습니다.

나는 향기로운 님의 말소리에 귀먹고, 꽃다운 님의 얼굴에 눈멀었습니다.

사랑도 사람의 일이라, 만날 때에 미리 떠날 것을 염려하고 경계하지 아니한 것은 아니지만, 이별은 뜻밖의 일이 되고 놀란 가슴은 새로운 슬픔에 터집니다.

그러나, 이별을 쓸데없는 눈물의 원천을 만들고 마는 것은 스스로 사랑을 깨치는 것인 줄 아는 까닭에, 걷잡을 수 없는 슬픔의 힘을 옮겨서 새 희망의 정수박이에 들어부었습니다.

우리는 만날 때에 떠날 것을 염려하는 것과 같이, 떠날 때에 다시 만날 것을 믿습니다.

아아, 님은 갔지만 나는 님을 보내지 아니하였습니다.

제 곡조를 못 이기는 사랑의 노래는 님의 침묵을 휩싸고 돕니다.

服従

他の人は自由を愛するといいますが、わたしは服従が好きです。
自由を知らないわけではありませんが、あなたには服従したいのです。
服従したい時に服従するのは、美しい自由よりも甘いのです。
それがわたしの幸せなのです。

しかし、あなたがわたしに他の人に服従しろというのなら、
それだけには服従できません。
他の人に服従しようとすると、あなたに服従できないからです。

복종

남들은 자유를 사랑한다지만, 나는 복종을 좋아하여요.
자유를 모르는 것은 아니지만, 당신에게는 복종만 하고 싶어요.
복종하고 싶은데 복종하는 것은 아름다운 자유보다도 달콤합니다.
그것이 나의 행복입니다.

그러나 당신이 나더러 다른 사람을 복종하라면
그것만은 복종할 수가 없습니다.
다른 사람을 복종하려면, 당신에게 복종할 수가 없는 까닭입니다.

道が塞がれて

あなたの顔は月でもないのに
山を越え、水を超えてわたしの心を照らします。

わたしの手はなぜそんなに短くて
目の前に見えるあなたの胸に触れられないのでしょうか。

あなたは来るに来られないわけではなく
わたしが行くに行けないことはないのに
山には梯子がなく
川には船がありません。

だれが梯子をはずし、船をこわしたのでしょうか。

길이 막혀

당신의 얼굴은 달도 아니건만
산 넘고 물 넘어 나의 마음을 비춥니다.

나의 손길은 왜 그리 짧아서
눈앞에 보이는 당신의 가슴을 못 만지나요.

당신이 오기로 못 올 것이 무엇이며
내가 가기로 못 갈 것이 없지만은
산에는 사다리가 없고
물에는 배가 없어요.

뉘라서 사다리를 떼고 배를 깨뜨렸습니까
나는 보석으로 사다리를 놓고 진주로 배 모아요.
오시려도 길이 막혀서 못 오시는 당신이 그리워요.

わたしは宝石の梯子をかけ、真珠の船を集めます。
来ようとしても道が塞がれ、来られないあなたが恋しいです。

分からない

風もない空中に垂直に波紋を起こしながら静かに落ちる桐の葉は、だれの足跡ですか。

じめじめした梅雨の果てに西風に押し流されていく恐ろしい黒雲の裂け目からちらちらと見える青空は、だれの顔ですか。

花もない根の深い木にむした青苔を通り、古い塔の上の静かな空に触れる知らない香りは、だれの息吹ですか。

源も知らぬところからわき出て、石を鳴らしながらくねくね細く流れる小川は、だれの歌ですか。

蓮華のような足で無限の海を踏み、玉のような手で果てしない空に触れながら、落ちる日をきれいに彩る夕焼けは、だれの詩ですか。

焼け残った灰が再び油になります。果てしなく燃えるわたしの心は、だれの夜を守るか細い明りですか。

알 수 없어요

바람도 없는 공중에 수직의 파문을 내이며 고요히 떨어지는 오동잎은 누구의 발자취입니까.

지루한 장마 끝에 서풍에 몰려가는 무서운 검은 구름의 터진 틈으로 언뜻언뜻 보이는 푸른 하늘은 누구의 얼굴입니까.

꽃도 없는 깊은 나무에 푸른 이끼를 거쳐서 옛 탑 위의 고요한 하늘을 스치는 알 수 없는 향기는 누구의 입김입니까.

근원은 알지도 못할 곳에서 나서 돌부리를 울리고 가늘게 흐르는 작은 시내는 굽이굽이 누구의 노래입니까.

연꽃 같은 발꿈치로 가이 없는 바다를 밟고 옥 같은 손으로 끝없는 하늘을 만지면서 떨어지는 해를 곱게 단장하는 저녁놀은 누구의 시입니까.

타고 남은 재가 다시 기름이 됩니다. 그칠 줄을 모르고 타는 나의 가슴은 누구의 밤을 지키는 약한 등불입니까.

渡し舟と行人

私は渡し舟
あなたは行人

あなたは土足で私を踏みにじります。
私はあなたを抱いて水を渡ります。
私はあなたを抱くと、どれほど浅くとも深くとも、激しい瀬でも渡ります。

もしあなたが来なければ、私は風に当たり　雪や雨に降られながら
夜昼なしに　あなたを待っています。
あなたは水さえ渡れば　私に振り向かず行くのでしょうね。
しかし、あなたがいつでも帰ってくることだけは知っています。
私はあなたを待ちながら　日ごと夜ごとに古くなっていきます。

私は渡し舟
あなたは行人。

나룻배와 행인

나는 나룻배
당신은 행인

당신은 흙 발로 나를 짓밟습니다.
나는 당신을 안고 물을 건너갑니다.
나는 당신을 안으면 깊으나 얕으나 급한 여울이나 건너갑니다.

만일 당신이 아니 오시면 나는 바람을 쐬고 눈비를 맞으며
밤에서 낮까지 당신을 기다리고 있습니다.
당신은 물만 건너면 나를 돌아보지도 않고 가십니다그려.
그러나 당신이 언제든지 오실 줄만은 알아요.
나는 당신을 기다리면서 날마다 날마다 낡아 갑니다.

나는 나룻배
당신은 행인.

讃頌

ニムよ　あなたは百回も鍛えた金柄です。
くわの根が珊瑚になるように天国の愛をお受けください。
ニムよ　愛よ　朝の日差しに踏む一歩よ。

ニムよ　あなたは義が重く黄金が軽いことを知り尽くしています。
乞食の荒畑に福の種子をお蒔きください。
ニムよ　愛よ　昔の梧桐の隠れた声よ。

ニムよ　あなたは春と光明と平和を好みます。
弱者の胸に涙を注ぐ慈悲の菩薩におなりください。
ニムよ　氷海の春風よ。

찬송

님이여, 당신은 백 번이나 단련한 금결입니다.
뽕나무 뿌리가 산호가 되도록 천국의 사랑을 받읍소서.
님이여, 사랑이여, 아침 볕의 첫걸음이여.

님이여, 당신은 의(義)가 무겁고 황금이 가벼운 것을 잘 아십니다.
거지의 거친 밭에 복의 씨를 뿌리옵소서.
님이여, 사랑이여, 옛 오동의 숨은 소리여.

님이여, 당신은 봄과 광명과 평화를 좋아하십니다.
약자의 가슴에 눈물을 뿌리는 자비의 보살이 되옵소서.
님이여, 사랑이여, 얼음 바다의 봄바람이여.

愛する理由

私があなたを愛するのは、理由がないわけではありません。
人々は私の紅顔だけを愛しますが
あなたは私の白髪さえ愛するからです。

私があなたを懐かしむのは、理由がないわけではありません。
人々は私の微笑みだけを愛しますが
あなたは私の涙さえ愛するからです。

私があなたを待つのは、理由がないわけではありません。
人々は私の健康だけを愛しますが
あなたは私の死さえ愛するからです。

사랑하는 까닭

내가 당신을 사랑하는 것은 까닭이 없는 것이 아닙니다.
다른 사람들은 나의 홍안만을 사랑하지만
당신은 나의 백발도 사랑하는 까닭입니다.

내가 당신을 그리워하는 것은 까닭이 없는 것이 아닙니다.
다른 사람들은 나의 미소만을 사랑하지만
당신은 나의 눈물도 사랑하는 까닭입니다.

내가 당신을 기다리는 것은 까닭이 없는 것이 아닙니다.
다른 사람들은 나의 건강만을 사랑하지만
당신은 나의 죽음도 사랑하는 까닭입니다.

忘れよう

人々はニムを思うといいますが
わたしはニムを忘れようとします。
忘れようとするほど思い出され
もしや忘れられるかと思ってもみました。

忘れようとすれば思い出され
思い出すと忘れられないから
忘れることも思うこともしないと心がけようか。
思うか　忘れるか　放っておこうか。
しかし　そうもいかなくて
ニムへの思いだけは消えないのだからどうしようか。

わざと忘れようとすれば
忘れられないこともないけれど
眠ることと死ぬことしかないので
ニムを置き去りにはできません。

ああ、忘れられない思いより
忘れようとするほうが　もっと辛いのです。

나는 잊고자

남들은 님을 생각한다지만
나는 님을 잊고자 하여요.
잊고자 할수록 생각하기로
행여 잊힐까 하고 생각하여 보았습니다.

잊으려면 생각하고
생각하면 잊히지 아니하니
잊지도 말고 생각도 말아 볼까요
잊든지 생각든지 내버려두어 볼까요
그러나 그리도 아니 되고
끊임없는 생각생각에 님뿐인데 어찌하여요.

구태여 잊으려면
잊을 수가 없는 것은 아니지만
잠과 죽음뿐이기로
님 두고는 못하여요.

아아, 잊히지 않는 생각보다
잊고자 하는 그것이 더욱 괴롭습니다.

いっそのこと

ニムよ　おいでなさい。おいでになる気がなければ　いっそ帰りなさい。
帰ろうとして戻り、戻ろうとしてまた帰るのは　私には命を奪い、
死さえ与えないようなことです。

ニムよ　私を責めるなら　いっそ大声でおっしゃいなさい。
沈黙で責めないでください。
沈黙で責めるのは　痛む心を氷の針で刺すようなことです。

ニムよ　わたしを見ないなら　いっそ目をそらして瞑《つむ》りなさい。
横目でちらりと睨《にら》まないでください。
横目で睨むのは　愛のふろしきに棘の贈り物を包んでくれるようなことです。

차라리

님이여, 오서요. 오시지 아니하려면 차라리 가서요.
가려다 오고 오려다 가는 것은 나에게 목숨을 빼앗고
죽음도 주지 않는 것입니다.

님이여, 나를 책망하려거든 차라리 큰소리로 말씀하여 주셔요.
침묵으로 책망하지 말고
침묵으로 책망하는 것은 아픈 마음을 얼음바늘로 찌르는 것입니다.

님이여, 나를 아니 보려거든 차라리 눈을 돌려서 감으셔요.
흐르는 곁눈으로 흘겨보지 마셔요.
곁눈으로 흘겨보는 것은 사랑의 보(褓)에 가시의 선물을 싸서 주는 것입니다.

조명희
趙明熙

（チョ・ミョンヒ、1894－1938）

忠清北道鎭川郡で生まれる。中央高等普通学校を中退後、三・一独立運動に参加し投獄される。1919年日本へ留学、東洋大学哲学科に入学し新しい思想に接する一方、詩の創作と演劇活動に励む。アナーキズム研究会の黒濤会に加入したりもした。23年に帰国し、KARF（朝鮮プロレタリア芸術家同盟）の創設メンバーとして活動を展開中、朝鮮総督府の監視が厳しくなりソ連に亡命。1938年日本のスパイに協力した疑いでソ連の情報機関に逮捕、死刑に処された。

成熟の祝福

秋となった　村の友よ
あの広い野に向かおう
あぜ道を踏みながら歌を歌おう
全ての穂は
深々と頭を下げ
「地の母よ！
ぼくらは再びあなたのそばに帰る」というのだ
友よ！　頭を下げろ　祈ろう
あの全ての穂と同じく……。

성숙의 축복

가을이되었다 마을의 동무여
저 너른 들로 향하여 나가자
논틀길을 밟아가며 노래 부르세
모든 이삭들은
다복다복 고개를 숙이어
"땅의 어머니여!
우리는 다시 그대에게로 돌아가노라" 한다
동무여 고개 숙여라 기도하자
저 모든 이삭들과 한가지…….

火の雨を降らせなさい

純実[*]さに欠けるこの国に
痛みと涙があろうか
涙に欠けるこの民に
愛と義があろうか
神よ！　祈ります　この地に
雨を降らせなさい　火の雨を降らせなさい！
燃える火の中でも
純実の種を探してみようか
古い灰塊の上でも
愛の種を探してみようか。

＊純実　純直でまじめなこと。

趙明熙

불비를 주소서

순실(純實)이 없는 이 나라에
아픔과 눈물이 어디 있으며
눈물이 없는 이 백성에게
사랑과 의(義)가 어디 있으랴
주여! 비노니 이 땅에
비를 주소서 불비를 주소서!
타는 불 속에서나
순실의 씨를 찾아볼까
썩은 잿더미 위에서나
사랑의 씨를 찾아 볼까.

友よ

友よ
ぼくらが万が一犬なら
犬のふりをしよう
偽らず犬のふりをしよう!
そして地面に伏せ　地を舐めよう
舌の血が地の中に流れるよう、
地の言葉が出てくるまで…。

友よ　哀れな友よ
それでも心が万が一ぼくらを偽るなら
太陽に向かって叫び、聞け
「この心の種を永遠に燃やせるのか」と

足を運ばぬようにしよう　石像になる時まで。

동무여

동무여
우리가 만일 개(犬)이거던
개인 체하자
속이지 말고 개인 체하자!
그리고 땅에 엎드려 땅을 핥자
혀의 피가 땅 속으로 흐르도록,
땅의 말이 나올 때까지…….

동무여 불쌍한 동무여
그러고도 마음이 만일 우리를 속이거든
해를 향하여 외쳐 물어라
'이 마음의 씨를 영영히 태울 수 있느냐'고
발을 옮기지 말자 석상이 될 때까지.

春の芝生の上で

ぼくがこの芝生の上で遊びまわる時
母はぼくの姿を見てくれないだろうか。

赤ん坊が母の乳房に抱かれ甘えるように
ぼくがこの芝生の上で寝ころぶ時
母はぼくの姿をほんとうに見てくれないだろうか。

狂いそうな気持を抑えきれず
「ママ！ママ！」と声に出したら
地が「ええ」、天が「ええ」と答えるので
どれがぼくの母の声かわからない。

봄 잔디밭 위에

내가 이 잔디밭 위에 뛰노닐 적에
우리 어머니가 이 모양을 보아주실 수 없을까.

어린 아이가 어머니 젖가슴에 안겨 어리광함같이
내가 이 잔디밭 위에 짓둥글 적에
우리 어머니가 이 모양을 참으로 보아주실 수 없을까.

미칠 듯한 마음을 견디지 못하여
"엄마! 엄마!" 소리를 내었더니
땅이 "우애!" 하고 하늘이 "우애!" 하옴에
어느 것이 나의 어머니인지 알 수 없어라.

わたしの故郷が

わたしの故郷があの白雲の向こうなら
鳥の翼を借りて飛んでゆくものを
黄色い地面に重い足を動かしつつ
蒼空を眺めながら口笛を吹く。

わたしの故郷があの高い山の向こうなら
長い長い夢路を辿ってゆくものを
生の絆で縛りつけられ
地団駄を踏みながら叫び声をあげる。

淋しい人よ　詩人よ
不透明な生欲の火炎に

野原は市場町から背を向け
古木の蔓を踏んで立ち
暮れゆく日を眺めつつ
古い話　新たな思いに泣く。

淋しい人よ　詩人よ
空のはて　グレーな雲の国
名も知らぬ新たな国を探そうと
はるかな青空の道　過ぎ去った風に
孤影悄然として飛んでゆくあの鳥の如く
悲しい声を　風に乗せて届ける
苦しい歩行　青い夢路に
永遠の光を求めてゆく。

나의 고향이

나의 고향이 저기 저 흰 구름 너머이면
새의 나래 빌려 가련마는
누른 땅 위에 무거운 다리 움직이며
창공을 바라보아 휘파람 불다.

나의 고향이 저기 저 높은 산 너머이면
길고 긴 꿈길을 좇아가련마는
생의 엉킨 줄 얽매여
발 구르며 부르짖다.

고적(孤寂)한 사람아, 시인아,
불투명한 생의 욕(慾)의 화염(火焰)에
들내는 저잣거리 등지고 돌아서
고목의 옛 덩굴 디디고 서서
지는 해 바라보고
옛 이야기 새 생각에 울다.

고적한 사람아, 시인아
하늘 끝 회색(灰色)구름의 나라
이름도 모르는 새 나라 찾으려
멀고 먼 창공의 길 저문 바람에
외로운 형영(形影) 번득이여 날아가는 그 새와 같이
슬픈 소리 바람결에 부쳐 보내며
아픈 걸음 푸른 꿈길 속에
영원의 빛을 찾아가다.

赤ん坊

おお、赤ん坊よ！　人間以上の息子よ！
お前は人間ではない
だれがお前に人間という名前をつけたのか
そんな侮辱の言葉を……。

お前は善悪を超越した宇宙生命の現象だ
お前はすべての美しいものより美しい人だ。

お前はこんなことを言った
「お祖母さんのバカ！　お母さんのバカ！」
どれほど可愛い悪口で、楽しい音楽なのか。

お前はまた素っ裸になり
子馬のように跳ね上がる時の
その軟らかい玉で仕上げたような
太くてきれいな曲線の流れ。

風に抱かれた小さな木
自然のリズムに踊っているようだ
エンジェルの舞踏みたいだ
そうさ
幼い草の芽よ！　神の子よ！

어린 아기

오오 어린 아기여! 인간 이상의 아들이여!
너는 인간이 아니다
누가 너에게 인간이란 이름을 붙였느뇨
그런 모욕의 말을…….

너는 선악을 초월한 우주 생명의 현상이다
너는 모든 아름다운 것보다 아름다운 이다.

네가 이런 말을 하더라
"할머니 바보! 어머니 바보!"
이 얼마나 귀여운 욕설이며 즐거운 음악이뇨?

너는 또한 발가숭이 몸으로
망아지같이 날뛸 때에
그 보드라운 옥으로 만들어낸 듯한
굵고 고운 곡선의 흐름

바람에 안긴 어린 남기
자연의 리듬에 춤추는 것 같아라
엔젤의 무도 같아라
그러면
어린 풀싹아! 신의 자(子)야!

因縁

万年の春が訪れ
万種類の花が咲き
何万の蝶々がいるといえども
今あの花の上の蝶は
狂ったように踊っている。

永劫の時があり
無限の宇宙があり
億万回の生があるといえども
今ぼくはここに立ち
清風を手を広げ迎えつつ
満開の花房に震えながらキスをしている。

時と処《ところ》と生の抱擁
ああ、その舞踏！
因縁の結珠！
婆羅門《バラモン》の鐘声に頭を下げ
十字架の徽章にほれぼれするといえども
この抱擁　この舞踏
ああ、ぼくはどうしよう？

인연

만년의 봄이 와
만 가지 꽃이 피어
몇 만의 나비가 있다 하더라도
지금 저 꽃 위에 저 나비는
미친 듯이 춤추고 있다.

영겁의 때가 있고
무한의 우주가 있어
억만 번 생이 있다 하더라도
지금 나는 이곳에 서서
맑은 바람 팔 벌리어 맞으며
피인 꽃송이 떨며 입 맞추고 있다.

시(時)와 처(處)와 생의 포옹
아아 그 무도(舞蹈)!
인연의 결주(結珠)!

바라문 종소리 고개 숙이며
십자가 휘장에 황홀은 하나
이 포옹 이 무도
아아 나는 어이?

市街の人々

市街の人々がみな私と付き合おうとしても
私は本当にほしくない
ただ沈黙を持ち寄る友だけが
はやく私を訪ねてほしい
この世の人々がみな私を愛するとしても
私は本当にほしくない
ただ沈黙を持ち寄る方だけが
はやく私を訪ねてほしい

そうして私たちの世界を沈黙で閉ざそう
ただ痛む心だけは沈黙に耳を傾けながら……。

온 저자 사람이

온 저자 사람이 다 나를 사귀려 하여도,
진실로 나는 원치를 아니하오
다만 침묵을 가지고 오는 벗님만이,
어서 나를 찾아 오소서.
온 세상 사람이 다 나를 사랑한다 하여도,
참으로 나는 원치를 아니하오.
다만 침묵을 가지고 오는 님만이
어서 나를 찾아 오소서.

그리하여 우리의 세계는 침묵으로 잠급시다
다만 아픈 마음만이 침묵 가운데 귀 기울이며…….

無題

海と青空
土と日光
ああ、ぼくらはこの海とこの青空を忘れる日があろうか
またこの黒い土とこの輝く日光を
たとえどんな世になろうと
ぼくらはぼくらの愛を忘れることができるか
ぼくらの命を忘れることができるか
どんな脅威にさらされても
ぼくらはこれを忘れることができるか。

そうだ、ぼくらはパンに飢えるもの
愛に渇くもの

○○○いのち
長い闇がぼくらの後ろに漂っている
また前に広がっている
そうすればするほどぼくらは海がもっと懐かしい
青空がもっと懐かしい
土の匂いが、日光がもっと懐かしい
愛を分かち合いたい
パンを腹いっぱい食べたい
逞しい手足を持ち　大きく息を吸いたい！

闇に生きる人間であればこそ
光がもっと懐かしい　自然がもっと懐かしい
生命がいきいきと躍動する生活がとても懐かしい
しかしぼくらは一言つけ加えておこう
「闇に生きるものは微かな光を求めない」

そうだ、大きな光明でなければ
むしろ大きな闇を求める
闇を切り抜けよう　闇を切り抜けよう
懐かしい日差しを浴びるため、懐かしい彼に会うため
この長い闇を戦士のように切り抜けよう。

海と青空
土と日光
愛とパン
そして命、躍動する命
ああ、白楊木のような手足であの青空を頭に担ぎ
この輝く日光の下に　この広い地の上に足を出し
友と手をつないで
一緒に働き　一緒に遊び回る時代はいつやって来るのだろうか。

어둠에 사는 인간일수록
밝음이 더 그리웁다 자연이 더 그리웁다
산 생명의 펄펄 뛰노는 생활이 몹시 그리웁다
그러나 우리는 한 마디 말을 더 하여두자
"어둠에 사는 자는 희미한 빛을 바라지 않는다"
그렇다 큰 광명이 아니면
차라리 큰 어둠을 바란다
어둠을 지쳐가자 어둠을 지쳐가
그리운 햇빛을 보기 위하여, 그리운 그를 만나기 위하여
이 기나긴 어둠을 전사같이 지쳐 나가자.

바다와 푸른 하늘
흙과 햇빛
사랑과 빵
그리고 또 목숨, 뛰노는 목숨
아아 백양목 같은 팔다리로 저 푸른 하늘을 머리에 이고,
이 빛나는 햇빛 아래 이 넓은 땅 위에 발을 내놓아,
동무와 동무의 손을 잡아,
서로서로 일하며 서로서로 뛰놀 시절이 언제나 올고!

무제

바다와 푸른 하늘
흙과 햇빛
아아 우리는 이 바다와 이 푸른 하늘을 잊을 날이 있을까
또는 이 검은 흙과 이 빛나는 햇빛을
비록 어떠한 세상이 오더라도
우리는 우리의 사랑을 잊을 수가 있을까
우리의 목숨을 잊을 수가 있을까
비록 어떠한 위협이 오더라도
우리는 이것을 잊을 수가 있을까.

옳도다 우리는 빵에 주린 자
사랑에 목마른 자
○○○목숨
기나긴 어둠이 우리의 뒤에 딸려 있다
또는 앞으로 널려 있다
그럴수록에 우리는 바다가 더 그리웁다
푸른 하늘이 더 그리웁다
흙냄새가, 햇빛이 더 그리웁다
사랑을 나누고 싶구나
빵을 배불리고 싶구나
싱싱한 팔다리를 가지고, 씩씩한 숨을 내들이쉬고 싶구나!

朝

朝　晴れた朝
屋根　屋根
木　木
軽い羅衣　澄んだ香り
笑顔　おお　その笑顔！
ゆえに翼を広げた大地は
新しい朝を迎える
神聖でまた栄え栄えしい朝を。

아침

아침 개인 아침
지붕 지붕
나무 나무
가벼운 나의(羅衣) 맑은 향기
소안(笑顔) 오오 그 소안(笑顔)!
그래서 나래 벌린 대지는
새 아침을 맞는다
성(聖)하고 또 영광스러운 아침을.

尹東柱の生涯と活動

尹東柱は１９１７年、中国満洲北間島の明東村（現・吉林省延辺州龍井市明東村）で父・尹永錫《ユンヨンソク》と母・金龍《キムヨン》の間に長男として生まれた。明東村は咸鏡北道の住民が集団移住してひらいた朝鮮人開拓民の村である。東柱が幼い時代を過ごしたこの村の人々は、はやくも新学問とキリスト教を受け入れた。

東柱は明東村で14年を過ごしながら読書に励み、豊かな文学的感性を育む。特に明東教会の長老として活躍した祖父尹夏鉉《ユンハヒョン》の影響を受け、キリスト教的な雰囲気の中に育った東柱は、北間島では初めて朝鮮人自治団体の会長を務めた母方のおじ金躍淵《キムヤクヨン》に学んで民族意識に目覚めた。

一時期龍井中学校に入学し学習していたが、１９３５年平壌の崇実中学校に転学する。神社参拝の問題が起こると崇実中学校を自主退学し、また龍井に戻り光明学園の中学部に編入、卒業する。彼はこの時、帝国主義国家・日本と植民地・朝鮮の現実、そしてその矛盾を強く意識させられる。崇実中学校の校長が日本の政策に抗って神社参拝に反対し、学校から罷免される姿を目撃するからである。

東柱の光明学園卒業を前にして父親・尹永錫は、東柱の落ち着いた生活を望み、彼が医学を学び医師になるよう勧めている。しかし東柱は職業問題をめぐって父と対立する。彼は文学の道を歩むことを諦めず、自分の信念を曲げなかった。父子の葛藤が深化すると、結局祖父の尹夏鉉が介入し、東柱は希望する方向に進むことになる。東柱の文学コースへの進学は、祖父の働きかけによるものであるといえよう。

彼がソウルの延禧専門学校文科に入学したのは1938年である。そして同学校同科を卒業したのは1941年である。東柱はこれまで書いてきた詩編を集め、卒業記念として『空と風と星と詩』という自選詩集を出版しようとした。しかし、時代の雰囲気、日本の警察の検閲などで詩集出版の夢を成し遂げることはできなかった（戦後、同じ題で正音社から出版）。

翌年東柱はいとこの宋夢奎と一緒に東京に向かう。戦中に尹東柱はなぜ朝鮮を離れ、日本留学の道を選んだのだろうか。文学に対する熱い情熱から、広い視野から学ぶ日本への留学が自分には欠かせないものになると認識したからであろう。当時朝鮮人は、日本留学の条件として創始改名をしなければならず、東柱と夢奎は名前を日本式に改名してから日本の地に足を踏み入れた。学問を修める夢を実現するためには仕方ないことであった。しかし、後に東柱は結果的に創始改名をしてしまったことに対する自省の意味を込め、「懺悔録」を創作する。

東柱が東京の立教大学文学部英文科に入学したのは1942年。夢奎は京都帝国大学史学科に入学したので、二人は一緒に生活することができなかった。東柱は故郷の思い出と植民地の現実の哀感に心が揺れ、悩んだあげく夢奎がいる京都の同志社大学に編入することになる。東京での東柱の心境と苦悩は、「たやすく書かれた詩」などから窺い知ることができる。

それはちょうど日本が国家総動員法という名の下に朝鮮を本格的に戦時体制に編入させた年であった。祖国を失った植民地人としての東柱の苦悩も深まる一方、「自画像」などを通じて朝鮮人知識人として痛恨の思いと苦悩を表現した。

東柱は京都で夢奎をはじめ朝鮮人の同僚たちと交友を深めながら、落ち着いた留学生活を送ることになる。しかし、1943年悲劇に見舞われる。休みを迎え、帰郷の支度をしていたところ、夢奎とともに警察に逮捕されるのである。二人が先頭に立って朝鮮独立と民族文化の宣伝活動を行ったという理由からであった。

東柱は1944年3月京都地方裁判所で治安維持法違反の罪名で懲役2年を宣告され、福岡刑務所に移監された。そして翌年2月、そこで若い一生を閉じた。いろいろな説はあるものの、依然としてその死因は不明のままである。

東柱は感性豊かな性格であったので、植民地支配を受ける朝鮮人の生の苦難をだれよりも敏感に感じながら生きた。祖国の悲痛な現実に痛恨の思いを抱き、その思いを詩で表現した抵抗詩人であった。彼の詩編には植民地民族の悲しみと哀歓が自然風景と内面世界の省察を通じて形象化されている。抒情性に豊かな詩編なので、風景画を鑑賞するように読むことができる。（延世大学尹東柱記念事業会の資料などを参照）

沈熏の生涯と活動

沈熏は1901年ソウル銅雀区黒石洞で父・沈相涏《シムサンジョン》と母・尹顥榮《ユンヒョンヨン》の間に生まれた。沈熏は筆名で本名は沈大燮《シムテソプ》である。末子として親の愛情に恵まれた家庭環境で育つ。生まれつき鋭敏な頭脳を備え、ソウルの校洞普通学校を卒業後、優秀な学生たちが集まる京城高等普通学校（現京畿高等学校）に入学する。

この学校には同期生として朴烈《パクヨル》、李範奭《イボムソク》（独立運動家）、朴憲永《パクホンヨン》（社会主義者）なども通っていたのであり、彼らとともに青春期を過ごしながら日本の朝鮮支配に対する憤りを抱き、解放運動への意志を高めていく。その意志は早くも学生時代に表現された。京城高等普通学校3年生の時（1917年）、彼は日本人の数学教師と衝突し、試験に白紙答案を提出、波紋を起こしている。数学教師は沈熏に落第点を与え、彼は結局留年させられる。

沈熏の朝鮮独立への念願が活動として繰り広げられたのは、1919年の三・一独立運動の時である。3月1日ソウルのタプコル公園で行われた独立宣言民衆大会に加わり、また3月5日ソウルの各学校の学生たちを中心に展開された南大門駅（ソウル駅）万歳示威運動に参加して逮捕される。彼は裁判にかけられ、同年11月京城地方法院から「保安法及び出版法違反」という罪名の下に懲役6カ月、執行猶予3年を宣告され投獄されることになる。

学校からも退学処分を受け、学業を続けることができなくなった彼は、中国への留学を決める。北京では独立革命家であり思想家の申采浩、李會榮との交流を通じて影響を受け、独立の意志をますます強く燃やした。

その後、杭州の之江大学に入学して新学問を学び、新劇研究団体を結成して活動しているのだが、1924年帰国して「東亜日報」社会部の記者になった。しかし記者生活も決して順調ではなかった。朝鮮総督府の検閲と監視は厳しかったし、沈熏は言論弾圧に反対し言論養護を叫ぶ集会に関わり、新聞社を退社するのである。退社直後、最後の朝鮮皇帝である純宗が世を去ると、詩「痛哭の中で」を執筆し、「時代日報」に発表。この詩発表後、ソウルでは独立万歳示威行動が拡大し、六・一〇万歳運動に繋がるのである。

沈熏が映画に対する関心から日本に留学したのは1927年である。その年、彼は映画スタジオである京都「日活撮影所」で映画監督の村田実（1894～1937）に指導を受けた。村田は日本映画監督協会の初代理事長を務め、俳優であり脚本家としても活躍した映画界の重鎮であった。沈熏は村田を映画に対する全般的なことを学ぶにふさわしい人物と信じていたようだ。帰国して間もなく沈熏は、監督及び脚本家として映画『夜明け』を制作、上映している。「朝鮮日報」に記者として入社したのは翌1928年である。入社後の30年には小説『東方の愛人』、『不死鳥』を連載し、両作とも掲載停止の処分を受ける。作品が日本統治の現実に対する批判的視点を見せていたからである。

1931年「朝鮮日報」を辞職した沈熏は、父母の暮らす忠清南道唐津で詩集の出版を計画した。しかし、出版の手続きとして朝鮮総督府の検閲を受けた代表詩「その日が来れば」（詩集の題名でもあった）は赤色で塗られたうえ、「削除」の判子が押され、出版は許されなかった（終戦後になって遺稿詩集として刊行）。

1933年に沈熏は小説を執筆、「朝鮮日報」「中央日報」に連載、両新聞社の学芸部長も務めるが、辞退して唐津で執筆を続けた。35年日本でもよく知られている『常緑樹』という農村啓蒙小説を完成。夜学を通じて文盲を克服し、民族精神を鼓吹するテーマを描いたこの作品は、東亜日報に連載され多くの読者に注目された。

1936年『常緑樹』の映画化を計画し監督・脚本家の立場から準備を進めたが、日本当局の妨害により、夢を実現することはできなかった。『常緑樹』を単行本として刊行するために上京し、その作業に没頭する中、腸チフスに掛かり36歳で夭折する。

沈熏の詩は、祖国解放への念願を歌う内容が多い。彼の活動が解放を求める鮮明なものであっただけに、表現はストレートで激烈である。（沈熏記念館の資料などを参照）

李相和の生涯と活動

李相和は1901年大丘《テグ》で父・李時雨《イシウ》と母・金愼子《キムシンジャ》の間に4兄弟中2番目の息子として生まれた。兄弟4人とも独立運動家として知られる一家である。

7歳の時、父が亡くなってからは伯父・李一雨《イイルウ》の支援によって私塾に通い、漢文や伝統教育を受けた。15歳の時には、京城の中央学校（現中央高等学校）に入学。その後、相和は江原道の金剛山周辺を放浪し数カ月後に帰宅するのだが、彼としては自分の生き方についていろいろ考える機会であったに違いない。

1919年三・一独立運動の際には同僚・白基萬《ペクキマン》とともに大丘学生蜂起を計画したが、事前に発覚、ソウルに隠れることになる。近代短編小説の先駆者と呼ばれる玄鎭健《ヒョンジンゴン》の推薦により、「白潮」の同人として加入したのは1922年。朴鍾和《パクジョンファ》・洪思容《ホンサヨン》・羅稲香《ナドヒャン》などとともに本格的に文壇活動を展開していく。

相和がフランス留学を目的として、その足掛かりに日本に渡ったのもこの時期である。彼は東京の「アテネ・フランセ」に通いながらフランス語とフランス文学を学ぶ。相和は朝鮮総督府の監視を受けていたので、日本留学がフランス行きに役立つだろうと思っていたのである。しかし、関東大震災（23年9月1日）によって彼は挫折を味わう。震災下で在日朝鮮人は差別と迫害を受け、多数の人が虐殺された。とても留学を続けること自体が無理であった。また震災直後に、独立運動家でありアナーキストの朴烈と彼の内縁の妻である金子文子が、皇族暗殺を謀るため爆弾を入手した（「大逆罪」）という名目の下に検挙され、自白を強要されて死刑宣告を受ける。いかに混乱した時期であったかがわかろうというものだ。

しかし、相和はこうした一連の出来事に刺激されつつ強い民族意識を抱かざるをえなくなる。より進歩的な文学活動を展開するようになるのは、こういった背景と無関係ではないだろう。帰国してから彼は金基鎮《キムキジン》などと無産階級文芸運動団体のパスキュラ（ＰＡＳＫＹＵＬＡ）を結成し、１９２５年には、この団体に基づいて朝鮮プロレタリア芸術家同盟（ＫＡＰＦ）が創立されると、朴英熙《パクヨンヒ》、金基鎮らとともに創立委員として名を挙げるのである。

このような彼の活動に対する警察の監視は厳しいものであった。相和は大丘で数回にわたり家宅捜査を受けなければならなかったし、義烈団事件に巻き込まれ、拘禁されたりもした。34年には言論活動にも関心を寄せ「朝鮮日報」の慶尚北道総局を1年経営するのだが失敗を味わったこともある。

兄の李相定《イサンジョン》に会うため3カ月間満京に行き、帰国して日本官憲に逮捕されたのは１９３７年3月である。相和は5カ月間投獄され、釈放されてからは3年間大丘の嶠南学校で教員生活をしている。当時、英語と作文を教えていたのだが、「被圧迫民族は拳でも太いものでなければならない」と主張し、嶠南学校にボクシング部を創設したという。

相和は１９４０年になって学校を辞め、読書と執筆に没頭した。「春香伝」の英訳に取り組み、

「国文学史」「フランス詩定石」などの執筆に挑んだ。しかし、それを完成できず、胃癌により43歳で最期を遂げる。

李相和は、初期の習作期に散文詩を中心として退廃的な時代的雰囲気を描写したりもした。しかし、あくまでも彼の詩的本領は、民族の主体性を回復しようとするところにあったといえよう。彼が1925年前後、現実に深い関心を表し、「開闢」に連続して発表した詩編は、時代を直視し創作の使命を意識した傾向を見せている。「奪われた野にも春は来るのか」をはじめとする詩編のテーマには、虚無や憂鬱の感情を乗り越え、民族性回復に対する強い執念がにじみ出ている。

「緋音」からその「奪われた野にも春は来るのか」を経て、「朝鮮病」、「痛哭」、「先駆者の歌」、「雨あがりの朝」に続く相和の詩的志向は、決して悔恨と挫折にとどまっていない。悔恨の思いの向こうには切実な念願が込められているのである。

後期の詩編にも抒情的雰囲気と、植民地民としての鬱憤と悲しみ、そして心理的抵抗が溶け込んでいる。（李相和記念事業会の資料などを参照）

李陸史の生涯と活動

李陸史は１９０４年慶尚北道安東郡陶山面で父・李家鎬《イカホ》、母・許吉《ホキル》の間に生まれた。本名は李源禄《イオンロク》で李陸史は筆名である。陸史は幼い時代、「寶文義塾」という新式学校を運営した祖父・李中植《イジュンシク》から漢学を学びながら育った。

12歳の時、祖父が亡くなると、安東郡祿轉面に引越ししたが、再び大丘南山洞に住居を移す。その後陸史は書道画家として著名な徐丙五《ソビョンオ》に絵を習うことになる。

陸史がはやくも永川出身の安一陽《アンイルヤン》と縁を結んだのは、16歳の時である。彼は彼女と結婚してから妻の実家の近くにある新学問教育機関と知られた白鶴学院で1年学んだ。その後の１９２３年にはこの白鶴学院の教壇に9カ月間立ったこともある。

陸史が日本留学のため4月に始まる日本の学期に合わせて東京にやって来たのはその翌年である。警察記録には東京の正則予備学校、日本大学専門部、検察審問調書には錦城高等予備学校に1年間在学と記されている。日本大学と錦城学園は昔から東京都千代田区に位置しており、陸史はこの周辺で生活しながら活動していただろう。

東京滞在中に陸史にどんなことがあったのか。そして日本についてどんな思いを抱いたのだろうか。実は陸史は日本に入る前年、つまり白鶴学院で学生を教えている頃、日本で起こったもっとも悲劇的な歴史的事件を見守っていた。それはほかならぬ1923年9月に起きた関東大震災である。この地震と火災による被害で十数万人の死亡者と行方不明者が発生、多くの家屋が焼失した。日本政府は戒厳令を布告し混乱の収拾をはかるが、市民たちの間には朝鮮人と社会主義者が暴動を起こし、襲撃してくるという流言が広がっていた。これに憤怒した日本市民は自警団を組織して、警察や軍隊まで加わり多数の朝鮮人を虐殺した。この事件により6000人以上の在日朝鮮人が殺害されており、陸史はその暗い時代に植民地支配を受ける朝鮮人がいかに差別を受けているかを目撃したはずである。新学問を学ぶために朝鮮人知識人が次々と日本留学の道を選択しているといえども、こうした日本の政策に反感を抱いていたのはいうまでもない。陸史は千代田区の街を徘徊しながら学問の世界とは別に朝鮮独立への熱望を燃やしていたに違いない。

彼は帰国後の1925年中国に渡り、北京で学びながらもつねに独立運動に目を向けた。27年に帰郷するが、朝鮮銀行大丘支店爆破事件にかかわったという理由で3年の懲役刑を受け投獄される。17回の逮捕、投獄の出発点になる事件であり、この時の囚人番号が264だったから、ペンネームも数字のハングル読み「イ・ユク・サ」(李陸史)になったという話は有名である。

1930年初め、光州学生運動が全国に拡散し、大丘でも同盟休学が相次ぐ中、大丘青年同盟幹部だった陸史はまた逮捕される。「中外日報」(現中央日報)や「朝鮮日報」大丘支部の記者生活をしたりもするが、1932年陸史はまた中国に渡る。そして、義烈団(独立運動団体)が設立した南京近郊の朝鮮革命軍事政治幹部学校に1期生として入学し教育を受ける。

「大衆」創刊号に評論「自然科学と唯物弁証法」を掲載する一方、上海で魯迅に出会い、交流するのはその翌年である。陸史が7編の詩を発表するなど本格的に詩人として活動するのは、1934年「新朝鮮社」で働いてからである。その後、出版社と新聞社を転々しながら詩はもちろん、評論、翻訳、シナリオに至るまでジャンルを問わず様々な執筆を行った。

しかし彼の本分はやはり詩であり、30年後半～40年初めにかけて「青葡萄」「喬木」「絶頂」などの代表的な作品を次々と発表する。彼の詩編には抒情性豊かな情緒が漂っているが、一方そこには彼の独立精神が刻まれ、二つの視点がよい調和を見せている。歳月が流れたとはいえ、韓国で李陸史の詩を読む読者が減らない理由である。

太平洋戦争が始まった1943年以後、日本はますます内鮮一体政策を進め、創始改名などの強圧的措置をとった。陸史は1943年朝鮮語の使用が禁止されると、それに抗議する意味をこめ漢詩のみを発表した。同年母と兄の祭祀に参加するために安東に帰郷したところ逮捕され、北京に移送。日本領事館警察に拘禁されたと推定される。1944年1月、日本領事館監獄で命を引き取る。

陸史は生前に詩集を出版できず、彼の弟であり文学評論家の李源朝《イオンジョ》が陸史の詩を集め、1946年遺稿詩集として刊行して世に知られることになった。（李陸史文学館の資料などを参照）

韓龍雲の生涯と活動

韓龍雲は１８７９年忠清南道洪城郡結城面で父・韓應俊《ハンウンジュン》と母・温陽方氏《オンヤンバンシ》の間に次男として生まれた。韓龍雲は筆名（法名でもある）であり、萬海は雅号である。

龍雲は幼い頃、書堂で漢学を学んだ。父親の影響のもと義と道理を尽くすことを大切に思い、社会に貢献することを夢見る。彼は当時洪城で激しい東学農民運動や義兵活動を見守って国家と社会に対する考えを深め、民衆の役割についても悟ることになる。

国運が衰える雰囲気を感じた龍雲は、ついに祖国の将来への憂慮から家を出る。一方では人生の意味についての問いを投げかけ、またその問いへの回答を求めるためでもあった。龍雲は雪嶽山の百潭寺に入って仏教学習に励むことになる。

寺に入ってからも彼は、世界の文物に対する見識を広めるために世界一周の旅行に出る。しかし、ウラジオストク、満州などを見回ってからシベリアで旅行を中断した龍雲は、再び百潭寺に戻り正式に僧侶になる。彼がより深い仏教思想と新文物に接するために日本留学の道を選んだのは１９０８年のことである。

なぜ龍雲は日本行きを決めたのだろうか。龍雲は「その時は朝鮮の新文明が日本を通じて入ってくる時期であったから、単に仏教文化だけではなく、新時代の気運が隆興すると伝えられる日本の姿を見たかったのだ。そうして下関に降りて東京に行き、曹洞宗の統治機関である宗務院を探してそこの弘津雪三という日本の高僧に会い、話が纏まった。だからその方の好意により学費一文もなかった身であったが、曹洞宗大学に入学し日本語も習い、仏教も習った」と自ら述懐したことがある。（韓龍雲「私はなぜ僧になったのか」）。

このような事実に注目し、日本現地に入って調査したのは、文学評論家・權寧珉である。彼の調査によって、当時日本に渡った龍雲が曹洞宗大学（現駒澤大学）で学びながら12首の漢詩を宗門の機関紙「和隔誌」に発表したことが明らかになった。（『韓龍雲文学全集』1、太学社、2011）

龍雲は5月9日〜9月1日の約4カ月間大学で学んでいるが、次々と漢詩を発表し文学への情熱を燃やしている。漢詩のテーマは故郷への懐かしさと時代の情勢を気にした淋しさであったとはいえ、そこに朝鮮の将来を憂慮する気持ちも反映されているといえよう。

帰国後、僧の結婚に対する建議書を当局に提出、1910年には華山義塾で教師生活もしている。独立運動家として著しい活躍を見せるのは1910年代の後半からである。1919年仏教、キリスト教を問わず、宗教界を中心に三・一独立運動が展開された時、龍雲は先頭に立って、仏教界の僧侶たちも運動に多く参加するよう勧誘する。

そしてほかならぬその日（3月1日）、ソウルの街路・鍾路《チョンノ》に集まった民族代表33人の1人として独立宣言書に署名、また式辞を依頼されると、「今日我らが集合したのは朝鮮独立を宣言するため」であり、「その責任が重く、今後共同で心を合わせ朝鮮独立を企図しなければならない」という演説を行い、万歳三唱をした。民族代表は全員逮捕され、龍雲も西大門刑務所で服役することになる。

1921年に釈放されてからも彼は民族運動を続け、民族経済活性化と民族教育運動の先頭にも立った。またその後、朝鮮仏教青年会の総裁に推戴され、仏教人の自主的活動と民族仏教を守るための努力を重ねた。1927年には民族協力を目的に左右陣営が手を携え、新幹会を創設すると発起人として参加、京城支部会長としても選ばれ民族運動を導く。1930年には青年仏教徒が組織した抗日運動団体の首長になり、朝鮮だけではなく東京にも支部を作って自由独立の声を高めた。晩年にも創始改名反対、朝鮮人学兵参戦反対の運動を展開しているのだが、民族独立の日を迎えず、終戦1カ月半前に世を去る。

龍雲は民族詩人、抵抗詩人と呼ばれる。詩集『ニムの沈黙』を出したのみならず、『黒風』という小説を「朝鮮日報」に連載し、詩調と漢詩など300余編に至る作品を執筆した。龍雲の詩に出ている「ニム」に対する解釈においては論議が続いており、論者によって「祖国」、「仏様」、「恋人」など多様な意味として使われている。

龍雲の詩には朝鮮独立と解放に対する詩人の念願が隠喩的に表現されている。暗い歴史的現実を克服するため、彼の一貫して見せる信念と抵抗精神が齎した試みであると評価することができよう。（韓国民族文化大百科事典、国家報勲処の資料などを参照）

趙明煕の生涯と活動

趙明煕は、1894年忠清北道鎭川郡鎭川邑碧岩里で父・趙秉行《チョビョンヘン》と母・延日鄭氏《ヨンイルジョンシ》の間に末子として生まれた。4歳の時に父が亡くなり、貧しい農家であったものの母の愛情を受けて育つ。明煕は地元の小学校で学び、上京してソウルの中央高等普通学校に入学、学業に専念する。読書にふけりながら詩人や思想家、あるいは独立運動家として成長していくのに必要な素養を身につける時期であったに違いない。

彼の自主、独立を求める精神は、1919年三・一独立運動の時、行動として展開される。独立万歳の示威行動に積極的に参加し、何カ月間も投獄される身となる。

明煕が新学問を学ぶため日本留学を決めるのは釈放されて間もない時期である。同年秋、彼は東京に渡って東洋大学哲学科に入学する。留学生活は、彼に文芸活動とともに演劇に対する関心を具体化する契機をもたらす。明煕は留学生の集まりである学友会に入り、のち劇作家として知られる金祐鎭《キムウジン》と付き合い、戯曲を創作するなど演劇に深い興味を持つことになるのである。

彼がアナーキスト団体である黒濤会のメンバーになるのもこの頃である。黒濤会は1921年東京で組織された在日朝鮮人最初の社会主義団体であった。朴烈、金若水《キムヤクス》などの朝鮮苦学生同友会をはじめ、同僚20余名が結成、雑誌「黒濤」を発行した。彼らは植民地朝鮮の現実を多くの人々に知らせるとともに不平等と民族的差別のない世界を追求しようと叫んだ。しかし何より民族解放闘争のため国境を超えて被支配階級が連帯し闘争することに意義を置いていた。明熙もそれに共感して入会しており、彼の朝鮮独立への熱望は日に日に高まっていく。

帰国した明熙は、朝鮮最初の戯曲「金英一の死」を発表し、あちこちで巡回公演をしながら民族新劇運動を展開した。単行本としても刊行後、雑誌「開闢」には2番目の作品『婆娑』を発表する。民族精神と因習打破のテーマが纏められたという点から見ても、朝鮮戯曲史に重要な意味を持つものだった。

明熙が「開闢」に数編の詩を発表し、詩集『春の芝生の上で』を出版したのは1924年である。詩人は序文に、ほかの詩を真似せず、朝鮮の詩を探し、朝鮮の固有のものを表現した歌に耳を傾けようと主張した。25年にはKAPF（朝鮮プロレタリア芸術家同盟）の創設メンバーとして参加する一方、プロレタリア演劇運動団体の「赤山蟻劇団」を組織し、民族主義演劇運動家としての面貌をも見せている。

農村を背景にした小説を執筆し続け、『地の中へ』『農村の人々』などを発表したのもこの頃である。特に「朝鮮之光」に載った『洛東江』は、彼の代表的なプロレタリア作品として知られている。

反体制文学活動によって朝鮮総督府の監視が厳しくなると、明熙は1928年ロシア亡命の道を選ぶ。ロシアに渡り、ソ連作家同盟に加入して活動しながら、ウラジオストクの新聞「先鋒」の編集者としても働いたり、高麗師範学校で学生たちに教えたりもした。

1937年ソ連はスターリンの指示のもと、沿海州の朝鮮人を中央アジアに強制的に移住させた。それと同時に朝鮮出身者2000名を逮捕し、処刑するなど暴虐極りない政策を行った。明熙もその被害者になる。日本のスパイに協力した反革命分子という罪名を付けられ、1938年5月、裁判も行われないまま彼は刑場の露と消えるのである。

明熙が1924年に出した『春の芝生の上で』は、朝鮮最初の未発表創作詩集である。この詩集に載った「成熟の祝福」「火の雨を降らせなさい」「友よ」「春の芝生の上で」は、帰国後に書かれた作品である。一方「わたしの故郷が」「赤ん坊」「因縁」「朝」は留学時代に執筆されたものである。そして、「市街の人々」と「無題」は雑誌に発表された詩編である。

明熙は詩編に植民地朝鮮の現実に対する苦しみと悲しさを刻み、こうした現実がもたらす自省の念、また克服の意志を表現している。常に主体性を抹殺する帝国権力への抵抗意識に目覚めて活動したのであり、詩編にたびたび見える逆説的詩語は、その意志の表れである。（趙明熙文学館の資料などを参照）

[編訳者略歴]
金正勲（キム・ジョンフン）
1962年韓国生まれ。韓国・朝鮮大学校国語国文学科を卒業後、日本に留学。関西学院大学大学院文学研究科で学び、博士学位取得。韓国の視点から日本文学を読むことに励み、さらに文学の社会的役割を意識しつつ韓日文化の掛け橋になる活動に専念している。中央大学政策文化総合研究所の客員研究員歴任。現在、全南科学大学校副教授。
著書に『漱石と朝鮮』(中央大学出版部)、『戦争と文学　韓国から考える』(かんよう出版)、『漱石　男の言草・女の仕草』(和泉書院)、訳書に『私の個人主義　他』(チェク世上)、『明暗』(汎友社)、『戦争と文学―いま、小林多喜二を読む』(J&C)、『地底の人々』(汎友社)、『新美南吉童話選』(KDbooks)、『文炳蘭詩集　織女へ・一九八〇年五月光州　ほか』(風媒社、共訳)、『金準泰詩集　光州へ行く道』(風媒社)、『松田解子詩集　朝鮮乙女のおどり』(汎友社)などがある。

装幀◎三矢千穂

ひとつの星を歌おう　朝鮮詩人　独立と抵抗のうた

2021年9月9日　第1刷発行　　(定価はカバーに表示してあります)

編訳者　金正勲
発行者　山口章

発行所　風媒社
名古屋市中区大須 1-16-29
振替 00880-5-5616 電話 052-218-7808
http://www.fubaisha.com/

＊印刷・製本／モリモト印刷
乱丁本・落丁本はお取り替えいたします。
ISBN978-4-8331-2108-8